Lugar de ninguém

Lugar de ninguém

Jailana Lima

Ilustrações: Pow Rodrix

Créditos editoriais

Lugar de ninguém

Texto: Jailana Lima

Ilustrações: Pow Rodrix

Revisão textual: Jailana Souza Arruda Lima

Projeto editorial: Dince

Edição: 2026

ISBN: 978-85-7872-446-7

Dados Internacionais de Catalogação na Publicação (CIP)

L7321   Lima, Jailana Souza Arruda.
      Lugar de ninguém / Jailana Lima ; ilustrações de Pow Rodrix. -
      1. ed. - Rio de Janeiro : Dince, 2026.
      100 p. : il. ; 21 cm.

      ISBN 978-85-7872-446-7

      1. Literatura brasileira. 2. Literatura juvenil.
      3. Romance de aventura. 4. Mistério.
      I. Rodrix, Pow, il. II. Título.

CDD 869.93

Há lugares que não estão nos mapas, mas nos chamam mesmo assim.

Palavra da autora

É com muito orgulho que compartilho com meu caro leitor essa história cheia de aventuras. Além de ter sido maravilhoso escrevê-la, o crescimento de minha criatividade foi considerável a ponto de em breve estar compartilhando uma próxima história com você.

Este livro fala de jovens que entram em uma intensa viagem mundo afora perseguindo experiências, oportunidades e um segredo que pode mudar a vida de todos. Espero que você possa se identificar, e que esta narrativa possa abrir caminhos para a sua criatividade. A escrita é a melhor forma de desabafo: é deixar que os sonhos, pouco a pouco, criem asas e comecem a virar realidade. Agradeço a todos que puderam contribuir um pouco com meu trabalho e a Deus por ter me dado o dom da escrita.

Boa leitura.

Jailana Lima

Sumário

PARTE I

A promessa

Toda aventura começa antes do primeiro passo.

Um Começo...

ESCUE
RODRIK 18

Quando estamos no ápice da juventude, tudo parece difícil.

Qualquer problema parece ser o fim do mundo, e lidar com isso não é para todos: alguns se revoltam, outros seguem a vida normalmente, transformando tudo em uma tempestade num copo d'água.

Sou uma jovem de 17 anos, mas que apesar da idade ainda ser pouca, vivi o suficiente para saber o que é bom e o que é ruim ouvindo o "eu avisei", "eu te disse", você já deve imaginar de quem. Afinal, quem sabe aprender com os erros, tira proveito deles, e ultimamente esse vem sendo o meu principal trunfo. Chamo-me Sophia Lunkins, estudo em um colégio do centro da cidade de Havana, em Cuba, país aparentemente pobre por sermos comunistas, mas é onde a união entre os povos predomina e também onde se tem a maior educação e o menor índice de analfabetismo do mundo. O merchandising é quase invisível por aqui, afinal quase todas as empresas são governamentais. Para quem não sabe, Cuba é um país à direita do México um pouco afastado pela intercessão do mar na América Central, onde perto se encontram a República Dominicana, Jamaica, Haiti e Bahamas.

Estudo na minha atual escola há três anos, nunca vi algo diferente acontecer por lá, a não ser as velhas confusões de grupinhos, coisas peculiares que acontecem em todos os tipos de escola. Ser popular nunca foi do meu tipo até por ter uma aparência "fechada", são poucos que falam comigo. Não sou muito de entrar em grupos de estudo, prefiro trabalhar e organizar tudo sozinha, assim posso ser organizada. Logicamente que não estou sendo egoísta, é só questão de concentrar-me mais nas minhas atividades e objetivos futuros. Faz pouco tempo, que venho a observar minuciosamente as pessoas à minha volta, decepcionei-me com muitas amizades, isso deve ser o motivo no qual eu sou tão desconfiada (mais uma característica).

CAPÍTULO 2

Um desafio...

No mês seguinte chegariam as férias de verão, e eu estava altamente eufórica, pois planejava viajar para uma visita ao Brasil, o país tropical que diziam ser cheio de belezas naturais. Eu iria com alguns amigos do meu colégio. Nosso motivo real para aquela aventura em outro país que ainda nem conhecíamos era tomar uma breve decisão sobre ingressar em intercâmbio em alguma das faculdades públicas de lá, dali a dois anos.

Naquele dia, passei a manhã inteira conversando com Lara, Suna, Fred e Severo, amigos que viajariam comigo para o Brasil. Nós estávamos comentando sobre gastos, hospedagem, passagens que cada um já havia comprado e o nosso percurso, afinal o nosso avião faria o trajeto de Havana para o Rio de Janeiro, cidade conhecida como maravilhosa. Planejávamos sair do Rio de Janeiro para Belo Horizonte, capital de Minas Gerais, e depois seguiríamos para o Nordeste; a cidade-alvo seria Fortaleza, no Ceará, onde diziam que, se Marte fosse um estado, seria o Ceará. E quais eram os motivos para termos escolhido esses estados? Fomos bem criteriosos, pesquisamos todos os dados necessários para não nos perdermos e termos uma viagem proveitosa e tranquila. Escolhemos o Rio de Janeiro porque queríamos conhecer uma das maravilhas do mundo, o Cristo Redentor; diziam que lá havia muitos artistas conhecidos, praias maravilhosas e paisagens encantadoras. Ouvimos muito as pessoas falarem dele e do passeio de bondinho até o Pão de Açúcar. Belo Horizonte entrou no roteiro por seus prédios históricos, apesar de que, em Cuba, não faltavam patrimônios históricos, prédios de séculos em perfeito estado e lugares onde aconteceram histórias interessantes que marcaram o nosso país. E, por fim, o Nordeste: queríamos conhecer os litorais, estávamos ansiosos para aproveitar praias, ruínas e belezas naturais.

Após o intervalo, fomos para a aula, pois já havia tocado o sinal. Era aula de história com a professora Delsa, aproveitamos a oportunidade e logo Severo perguntou para a professora se ela já havia ido ao Brasil. Ela disse que não, após um choque em seu semblante que mudou subitamente, como se estivesse sido atingida por um raio. Interessou-se pelo assunto, e o retrucou perguntando o porquê do interesse pelo país. Então Suna disse que, no próximo mês, viajaríamos de férias, e logo Delsa lançou-nos um desafio que valeria muito para nosso currículo escolar, mas que só o contaria ao final da aula, quando todos os alunos fossem embora. Ficamos em enorme êxtase para saber o que seria o "tal desafio", afinal, além de irmos para um país desconhecido, ainda teríamos que cumprir o estabelecido, na perspectiva de aumentarmos nosso potencial para um bom remanejamento profissional.

Terminou a aula, e logo eu, Suna, Fred, Severo e Lara corremos ao encontro da professora.

Então ela disse:

- Já me falaram muito sobre o Brasil, mas não somente isso, também tenho familiares por lá que poderão ajudá-los, uma tia e dois primos que moram no Nordeste. Vou lhes entregar o endereço deles para qualquer dificuldade. Vocês me ligam e eu falo com eles daqui para apresentá-los e contar-lhes sobre a ida de vocês. Eles com certeza irão guiá-los pelo país e mostrar o que vocês têm curiosidade.

Suna: - Quanto ao desafio?

Lara: - É professora, esse vai ser o desafio, falar com sua família?

Delsa caiu na gargalhada e logo disse:

- Não queridos, é lógico que não, a princípio acho que vocês precisam de apoio para o percurso de vocês, mas não era isso o que queria. Antes de tudo, quero que vocês observem a cultura, economia, e política do país, e comparem com a nossa fazendo relatórios diários, do comportamento da sociedade, dentre esses fatores. O outro desafio tem a ver com o potencial de vocês e com a minha família também. Informei-me com o professor de química e de biologia de vocês, e eles disseram-me que eram fenomenais em suas matérias, principalmente Sophia em biologia e Fred em química, e soube também que ganharam até olimpíadas. Quero o apoio dos cinco para ajudar em uma busca.

Sophia: - Como assim professora?

Lara: - Não estamos entendendo.

Delsa: - O que vou lhes contar aqui, ninguém pode saber.

Severo: - Prometemos, somos bem discretos. Delsa: - Eu espero, pois é realmente sério. Severo: - Pode contar.

Há dez anos minha mãe faleceu no Brasil, ela morava em uma casa vizinha a casa da minha tia, no Ceará, no endereço que lhes forneci. Mas ela mudou-se daqui para o Brasil sete anos antes de falecer, levando consigo, objetos de arte de muito valor, pois ela tinha muitas posses. Dentre esses objetos de valor que ela levou, tinha um que ela sempre escondia dentro de uma caixa média que parece mais com um baú vermelho com listras douradas. Nunca tive oportunidade e nem tempo para viajar ao Brasil à procura desses objetos, até porque meu trabalho não dá descanso, além de não confiar na minha tia suficientemente para contar o que minha mãe contava, apesar de ser uma boa pessoa, ela é muito gananciosa e faz tudo por dinheiro.

Suna: - Mas será que ela não vai nos fazer nenhum mal?

- Não, ela não é ruim com pessoas, apenas é obcecada por dinheiro. Continuando, essa casa que é da minha mãe está trancada há dez anos, ninguém nem mesmo o governo pode entrar nela, pois está sob minha tutela e todos os anos tenho de pagar impostos por algo que nem uso, e muito menos tenho tempo de vendê-la, o que farei futuramente, mas só venderei depois que descobrir onde ela deixou esse baú, pois é de grande valor para mim. A chave foi enviada por correio há uns 9 anos após sua morte. Eu a confiaria a vocês para investigarem em todos os lugares da casa, onde está o baú. A propósito, o nome da minha mãe é Celeste.

Lara: - Mas o que tem de tão valioso nesse baú?

- No momento não posso contar, até para a própria segurança de vocês, mas serão bem remunerados por isso, podem ter certeza. Lembrando que, a tia Leopoldina não pode saber que vocês estão com a chave dessa casa, e muito menos que vocês entraram nela, ou seja, terão de fazer tudo escondido, sem deixar rastros que sabem de algo relacionado tanto a minha avó quanto àquela casa, pois se ela souber, surgirá o interesse e ela vai começar a desconfiar de tudo. Então posso contar com vocês?

Todos se olharam e pediram um segundo a Delsa para decidir como fariam. Então Sophia falou:

- Eu arrisco, afinal, nós não temos o que perder, isso vai ser mais um objetivo na nossa viagem, além de ser uma aventura, o que vocês acham?

Por um instante todos começaram a falar ao mesmo tempo, e logo depois chegaram a um consenso e concordaram. Logo foram falar com a professora:

- O que vocês decidiram?

Severo: - Nós vamos ajudar, afinal, não vamos perder nada com isso.

- Bom saber que posso contar com vocês. Nossa, estou tão feliz porque enfim consegui pessoas que pudessem me ajudar, esperei dez anos por isso. Durante toda a viagem nos comunicaremos, cada um de vocês me passe o número de celular, e-mail. Vocês podem me acompanhar até minha casa para que eu possa lhes dar a chave da casa?

Todos foram andando até a casa da professora, que era uma mulher determinada de 32 anos, que vivera a vida toda em empenhar-se para elevar seu patamar acadêmico, atualmente terminando o seu doutorado. Era recém-divorciada e não tinha filhos, vivia sozinha, morava em um apartamento modesto com seu cachorro chamado Niño. Tinha hábitos de uma pessoa simples, gostava de correr todos os dias, ler todos os gêneros de livros, ouvia músicas tranquilas ao praticar atividades domésticas, deixava seu cachorro durante o dia com a sua vizinha idosa chamada Carmém, que vivia com sua neta Aurora.

Em busca da chave, ao chegar Delsa lhes deu a chave para Sophia, que era a mais responsável do grupo. Lara tem 17 anos, Severo 20, Fred 18, Sophia 17 e Suna 21 anos.

Severo era um garoto alto, esbelto, cabelos e olhos pretos, pálido quase sem melanina, aparentemente calmo, gostava de música clássica, pois tinha influências ao fato de tocar piano e muito bem, estava no 6° semestre da faculdade de arquitetura e tinha pretensão de fazer uma pós-graduação ao terminar, ele tinha uma paixão platônica por Sophia, mas nunca demonstrou isso, pois tinha medo de sua reação, e de acabar com a amizade de cinco anos. Eles eram muito próximos, se conheciam bem antes dos seus outros amigos. Era vizinho de Sophia há sete anos, mas só se conheceram dois anos depois. Sophia, uma menina cheia de qualidades, tinha olhos e cabelos castanhos escuros, era alta, sua paixão era música latina, adorava dançar, mas tinha vergonha na frente de outras pessoas, era tímida, muito calma e paciente, odiava discussões, principalmente com sua família, que cobrava muito dela. Enquanto isso, Lara era confidente de Sophia, mas totalmente o contrário da personalidade de sua amiga de três anos. Elas se conheceram no colégio, logo quando entraram, ainda estudam na mesma sala, e fazem o ensino médio juntas. Depois de um tempo Lara apresentou Fred, rapaz que estudara na sala vizinha, rico, bonito, muito simpático e por quem ela morria de amores. Já Suna, todos a conheceram em um passeio a um parque de diversões na cidade vizinha, e a convidaram para fazer curso preparatório no colégio onde estudavam, pois Suna ainda não havia feito vestibular.

Eram amigos inseparáveis, se iam a um passeio, cinema, todos sempre juntos, mais ligados do que nunca. Era difícil uma discussão, embora fossem diferentes tanto na idade, quanto na personalidade, eles se davam bem, e sempre mantinham uma regra em seu grupo, nunca opor-se ou fazer críticas a um assunto que fosse de opinião própria.

Após um dia cansativo na escola, Sophia chegou em casa e logo se deparou com uma senhora de pele parda e olhos claros que competiam com o sol de tão amarelados: era Suria, sua mãe, que, ainda jovem, já reclamava de tudo. Suria havia se casado cedo aos 19 anos com um rapaz de 28 chamado David, após dois anos, separaram-se, quando no dia seguinte a separação Suria descobriu que estava grávida de três meses, que por si era Sophia. Após a descoberta, contou de sua gravidez para David, e logo reataram e casaram-se novamente, nove anos depois novamente nasceu outra criança, dessa vez um menino que se chamava Maldonado e já estava com 7 anos. Para a alegria de Suria, era um menino de ótima personalidade e tinha uma paixão imensa pela natureza. Adorava fazer novas descobertas, mas, por causa disso, quando tinha 6 anos, já havia sido picado por uma cobra; sorte a dele que não era venenosa.

Três semanas se passaram até o final do período colegial. Sophia perguntou à sua mãe onde havia colocado a mala de viagens. Em meio àquela bagunça, as duas procuravam incessantemente, mas nem sinal da mala. Na cama de Sophia, inúmeras calças, blusas, pares de meias, chapéus, alguns xales, um inclusive que havia ganhado de Suna em seu aniversário de 14 anos, que ao olhar para ele comentou com sua mãe sobre seu desejo para o aniversário no fim daquele ano.

- Sempre sonhei com uma festa de 15 anos daquelas de princesa, com direito a tudo que quisesse, mas como não consegui, tinha planos muito melhores para o futuro.

- Filha, também sempre quis, mas você sabe que agora minhas condições não propícias para que eu possa investir um dinheiro tão alto.

- Eu sei.

- São muitos, detalhes, custos e por ai vai.

- É eu sei, mas sonhar não gasta, então vou continuar a sonhar com isso. E a mala achou?

E começaram a discutir sobre tudo o que ela iria precisar: alguns sapatos, bolsa, escova, maquiagem, roupas. Apesar de tudo, sempre sentia falta de alguma coisa, mas não sabia o que era, lembrou-se que era quase o principal, uma filmadora portátil que há dois anos havia comprado com o dinheiro da sua mesada e que sempre era acompanhada por seu diário de bordo, era como chamava, onde anotava tudo o que precisava, inclusive os fatos mais importantes do seu dia, e coisas as quais ela pensava.

Era véspera da viagem, todos estavam com os nervos à flor da pele, um sentimento de medo com euforia, alegria, entusiasmo, todos misturados em cinco jovens prestes a conhecer um novo mundo. Passaram a tarde reunidos fazendo preparativos, e conversando sobre como fariam para resolver o problema de sua professora, o assunto era o que mais fluía em meio a falaria constante, não conseguiam tirar aquela aventura da cabeça.

No dia seguinte às 7h30 da manhã, todos se organizaram, e foram direto para o aeroporto internacional de Cuba José Martí localizado a 18 quilômetros de Havana, tinha uma boa extensão e foi fundado em 1930. O avião saía às 9h, e exatamente nesse horário o voo foi cancelado, passando a ser às 17h. Todos esperaram exaustos no aeroporto da cidade de Havana, até que conseguiram embarcar no voo da hora prevista.

A sensação de viajar de avião era única para eles, pois nunca haviam viajado através das nuvens. A ânsia era boa, mas, ao mesmo tempo, terrível, Lara passara o voo todo passando mal por causa da altitude, virando alvo de risadas de seus amigos, o que tornou o voo mais descontraído, ela também sem querer caía no riso de seus amigos. A viagem durou em média, 6 horas e meia. Cansados, não viam a hora de pisar em terra firme, quando o piloto anunciou o pouso da aeronave.

A travessia

O mundo começava onde terminava o conhecido.

CAPÍTULO 3

Jornada para a nova terra

Desceram do avião às 0h21 e logo atualizaram seus relógios. O sol do Rio de Janeiro estava radiante, o calor era inevitável, logo perceberam que a cidade tinha algo em comum com Havana, que também era uma região de clima quente. Passaram pelo corredor de desembarque, pegaram suas malas e foram atrás de uma casa de câmbio, para trocarem parte de seus euros por moeda local, que a conheceram como o real, ficaram super satisfeitos, pois sua moeda estava em alta e o estimado que tinham para a viagem tornara-se mais que o dobro, já que converteram 80% do valor que tinham para o real. Um bom dinheiro rendeu, e não hesitaram em ir pegar um carro de aluguel, em uma concessionária que ficava ao lado do aeroporto, fizeram um contrato e alugaram um carro de modelo SUV, por um mês. O volante era alternado por Suna e Severo, afinal eles eram os únicos que sabiam dirigir. Ao longo de um passeio atrás de um hotel, eles olhavam pela janela do carro e observavam a diversidade de raças, e de pessoas que vestiam-se de maneiras diferentes, as cores, tudo parecia tão vivo, por todos os cantos a propaganda, o marketing comercial era o centro de tudo. A comunicação não era difícil, o grupo de amigos por serem nativos de Cuba, eram espanhóis, que é uma língua relativamente fácil de entender no Brasil, mas apesar disso Sophia e Suna sabiam um pouco de português.

Em meio ao passeio pela cidade, Sophia não se conteve e disse:

- Estou morrendo de vontade de conhecer o Pão de Açúcar, vamos agora?

Severo: - Acho melhor, acharmos logo um hotel.

Fred: - Concordo, assim podemos sair mais tranquilos, sem esse monte de malas de vocês, meninas.

Lara: - Olha como fala, só somos precavidas.

Suna: - Concordo plenamente, os homens nunca vão entender as razões femininas.

Severo: - Não vamos mesmo.

Sophia: - Vamos deixar de falaria, que eu tenho uma ideia. Já que eu estou vendo que nós estamos há meia hora neste carro só rodando sem encontrar nenhum hotel.

Severo: - Diga lá meu doce.

Sophia: - Como assim meu doce?

Todos riram da expressão de terror de Sophia.

Lara: - Olha que notei certo ar de apreço Severo, depois preciso conversar com você, uns assuntos particulares.

Severo: - Não fala assim que eu estou ficando até com medo.

Sophia: - Ei, alguém me escuta, vamos deixar de falar asneiras, e permitir que eu fale?

- Bom, não contei para vocês que ano passado conheci uma garota chamada Melanie, pela internet, que mora justamente aqui no Rio de Janeiro, há poucos dias falei de nossa excursão para cá, então ele se ofereceu para ajudar-nos.

Lara: - Sophia, você não acha perigoso? Sei lá, nem a conhece direito.

- A conheço faz algum tempo, mas ninguém vai dormir na casa dela não, nós só vamos ligar para ela e pedir algumas informações, é melhor que ficar perdido aqui nessa cidade enorme.

Suna: - Concordo, você tem o telefone dela?

- Tenho, vou ligar.

- Está bem. Vamos descer e tomar alguma coisa, estou morrendo de calor. Disse Severo.

Encostaram o carro e logo foram a uma lanchonete situada em frente à praia.

Lara: - Severo, você pode vir aqui um minuto?

- Posso sim.

Todos ficaram sentados a mesa, esperando Melanie, enquanto Lara e Severo foram conversar fora da lanchonete.

Lara: - Severo há certo tempo, venho percebendo que você tem certo interesse por Sophia.

- Eu? Que nada. Só apenas gosto dela como amiga só isso.

- Severo como se eu te conhecesse de hoje, não precisa mentir para mim. Abre logo o jogo vai.

- Está bem, faz um bom tempo já, mas como eu acho que você também tem panos por debaixo das mangas.

- É confesso que também gosto de uma pessoa, e essa pessoa é muito próxima. Como você pretende resolver essa situação?

- Eu honestamente não sei, não quero estragar a situação, nossa amizade, então é melhor deixar do jeito que está. E você, pode dizer quem é?

- É o Fred, mas ele não está nem aí para mim. Além do mais sou mais velha que ele.

- Mas não existe, e é só um ano. Se for por isso sou mais velho que Sophia três anos.

- Tem razão. Você nunca pensou em dizer isso para ela?

- Há tanto tempo espero, mas nunca tive oportunidade.

- Entendo, o mesmo acontece comigo, só que para o homem é bem mais fácil falar.

- Vamos esperar o momento certo. Agora vamos que estão todos esperando, depois a gente conversa mais sobre isso.

Chegaram à mesa.

Suna: - Nossa a conversa estava boa... Sophia: - Com certeza, olha o clima. Todos riram.

Sophia: - Lá está Melanie, vou trazê-la até aqui. Volto já.

Melanie era uma jovem adulta carismática, estava no 1° semestre do curso de filosofia da faculdade do Rio de Janeiro. Tinha o estereótipo bem carioca, mulata dos cabelos longos e volumosos, sorriso que pareciam pérolas e um caráter encantador.

Sophia correu em direção a Melanie e lhe deu um forte abraço. Ao lado da amiga, deparou-se com um rapaz alto, de uma beleza que nunca vira; de repente, sentiu-se atraída.

- Então Sophia, lhes apresento meu irmão Thomas.

- Muito prazer em conhecê-la Sophia, minha irmã falou muito de você.

- Igualmente.

Naquele momento Sophia gelou de tanto nervosismo, além de um belo rapaz ainda era gentil e charmoso, não sabia nem como parar de olhá-lo.

- Então, estamos naquela lanchonete, vamos para lá que eu apresento meus amigos.

Logo após o lanche, saíram andando e conversando pela praia sobre hotéis e pontos turísticos da cidade, Severo disse que o tempo previsto para ficar na cidade era de apenas só três a quatro dias, pois teriam que visitar outras regiões do país. Mas em Sophia, ao escutar isso, logo ficara desapontada, pois esperava ficar mais tempo, principalmente com Thomas que durante o passeio pela praia, conversaram sobre muitas coisas, descobrindo uma pessoa maravilhosa nele.

Melanie: - Então, vocês querem um hotel?

Thomas: - Já está quase anoitecendo, porque vocês não passam a noite na nossa casa e a amanhã vocês procuram um hotel?

Suna: - Não, queríamos achar o hotel logo hoje, seria muito desconfortável para vocês ter um grupo de cinco dormindo na casa de seus pais. Melanie e Thomas riram.

- Bom tenho 18 anos e Thomas 22, moramos sozinhos com a empregada há dois anos, nossos pais viajaram para os Estados Unidos a trabalho e nos deram uma casa no Leblon.

Fred: - Não. Temos que ir para um hotel hoje, amanhã veremos a possibilidade de ir à casa de vocês, estamos cansados.

Sophia: - É, concordo com Fred. Vocês nos indicam algum hotel?

Thomas: - Aqui em Copacabana é cheio. Tem um em especial que me agrada. Peguem o carro de vocês, e me sigam.

Chegaram a um hotel simples, porém confortável e com o preço super acessível, pediram duas suítes, uma para Fred e Severo e outra para Lara, Suna e Sophia.

Melanie: - Qualquer coisa, se precisarem de ajuda novamente, não esqueçam, é só nos ligar.

Lara: - Foi bom contar com vocês.

Thomas: - Ah, antes que eu esqueça, depois de amanhã iremos fazer uma pequena comemoração só para amigos em nossa casa, é meu aniversário, então se quiserem ir, estão convidados.

Fred: - Certo, qualquer coisa manteremos contato.

Melanie: - Até mais.

Enquanto todos subiam para seus apartamentos, Melanie e Thomas iam para o carro e falavam sobre os seus novos amigos.

- Então Thomas. Notei certo ar de graça para Sophia.

- É, adorei aquela garota.

- Também acho que ela gostou de você, quando ela te viu, ficou muito tensa, senti um pouco de nervosismo nela.

- Sério? Não notei. Mas você também gostou daquele tal de Severo.

- Nossa, e muito! Ela nunca havia falado dele para mim.

- Então vamos tentar fazê-los ir à festa. Você me ajuda com Sophia e eu te ajudo com Severo.

- Fechado.

Enquanto isso no hotel, já passava de meia-noite e Lara não conseguia dormir. Impaciente, foi para o corredor do hotel e na varanda deparou-se com Fred, sentado tomando um chocolate quente.

- Fred?

- Oi, também não consegue dormir?

- É deu para perceber não é?

- É, e qual é o motivo?

- Acho que ambiente novo, alguns pensamentos que não me saem da mente, talvez.

- Se quiser contar, sou todo ouvidos.

- Bom, acho que não convém a você, ou melhor... Não sei.

- Parece confusa, mas se não quer contar. Fique à vontade.

- É acho que agora não. Posso encostar-me em você?

- Você tem meu ombro para tentar dormir?

E riram amigavelmente, não acontecera melhor momento desde sua chegada ao país para Lara, o que mais queria era sua aproximação de Fred, e o melhor, conseguira sem ele não saber que gostava dele. Lara adormeceu ao ombro de seu amigo, então a pegou no braço, levou-a para o quarto das meninas, quando Severo ia saindo de sua suíte.

- O que aconteceu?

- Fala baixo, ela só dormiu. Bate na porta do quarto das meninas.

Severo deu três batidas na porta e Suna abriu. E Severo prosseguiu.

- Nos seus braços.

.- É estávamos na área de lazer do hotel, começamos a conversar, ela encostou-se no meu ombro e dormiu.

Suna: - Ai, que bonitinho, parece até casal de longa data.

- Para de brincadeira, e abre logo essa porta.

Fred olhou fixamente para o rosto de Lara, e naquele momento percebeu que brotara algo diferente após pegá-la nos braços, notou uma beleza pura e distinta em seu rosto, soltando um sorriso calado após deixá-la em sua cama. Severo sonhava com Sophia que sonhava com Thomas que também se sentia atraído por ela, enquanto isso, Lara sonhara com Fred, que a partir daquele momento, marcou reciprocidade enquanto ao sentimento de Lara. Suna só pensava em descobrir o que continha no tal baú de Delsa, não conseguia tirar a ideia de abri-lo. Depois do ocorrido, todos foram para seus quartos dormir.

O dia amanhecera, eram 8h00 da manhã, Suna acordou e foi despertar todos, pois o dia ia ser bem agitado. Todos se arrumaram e foram à cafeteria do hotel.

- Então, o que faremos hoje.

Sophia: - Já que já conhecemos a mais famosa praia daqui, Vamos ao Cristo Redentor e depois ao Pão de Açúcar.

Lara: - Mais algum lugar?

Suna: - Poderíamos chamar Melanie e o irmão dela para nos levar a outros lugares aqui além desses.

Severo: - Pode ser. Quando sairmos daqui a Sophia liga para eles.

- Certo, concordo plenamente!

Suna: - Nossa que entusiasmo, ai tem!

Severo: - Como assim?

Sophia: - Deixa os meus casos e interesses pessoais fora da conversa Suna.

- Está bem, não falo mais.

Severo mudou seu semblante subitamente, pois sentiu que estava acontecendo algo que Sophia, como sua amiga, não lhe contara.

Após saírem da cafeteria, caminhando pela praia, Sophia ligou para Melanie, e quem atendeu foi Thomas.

Sophia: - Quem fala?

Thomas: - Oi meu amor, quem fala é Thomas. E Sophia retrucou com uma risada.

- Como assim meu amor?

- Maneira de falar. Então o que vocês vão fazer hoje?

Sophia: - Vamos ao Pão de Açúcar e depois ao Cristo, estávamos ligando justamente para saber se vocês querem ir conosco.

- Só se foragora, vou avisar a Melanie e em 20min nos encontramos lá.

- Está certo. Hasta.

Thomas: - Hasta.

Após uns minutos, o primeiro ponto de encontro fora o Corcovado. Todos ficaram demasiados pela paisagem, e como tudo era diferente de seu país. Depois foram ver o Cristo, e era impossível não querer passar horas só admirando aquele local inesquecível, mal podiam acreditar que teriam de ir no outro dia visitar os outros estados. Era fim de tarde, e todos estavam fotografando lá de cima do Cristo, enquanto Sophia filmava aquela paisagem, foi arrastada pelo braço subitamente por Thomas, que a levou para ver a paisagem de outra perspectiva.

- O que deu em você?

- Sei lá, de repente quis te sequestrar.

Risos interromperam o silêncio que continha no momento.

- Preciso te dizer uma coisa, eu vou ser direto pois temos pouco tempo.

- Sou toda ouvidos.

- É que ontem quando te vi... Sei lá, te achei tão linda, me bateu vontade enorme de ficar com você.

- Eu não sei nem o que...

- Não diz nada.

Então naquele momento, Thomas interrompeu a fala de Sophia e a beijou, de uma forma completamente inesperada.

Na roda de amigos, Severo, que sempre gostava de estar ao lado de Sophia, notara a ausência dela e quando foi procurá-la, deparou-se com a moça beijando o Thomas. Decepcionado e sem reação, não deu mais nenhum passo ao sentido dos dois, desiludido virou para voltar a seus amigos, quando Melanie o parou:

- O que aconteceu? Você está tão abatido.

- Nada, não aconteceu nada. Acho só que não estou aproveitando minha vida o suficiente.

- O que te levou a essa conclusão?

- Desilusões, só isso. Vamos chamá-los para ir embora. Estou cansado.

- Concordo você vai chamar seus amigos, enquanto isso vou chamar Thomas.

Já estava anoitecendo, quando saíram do Cristo, e pararam na calçada.

- Então, o passeio foi ótimo. E aproveito para convidá-los mais uma vez, para ir à festa em nossa casa amanhã.

Lara: - Adoraria, mas nem sei se todos concordam.

Severo: - Acho melhor não, amanhã é nosso último dia na cidade e temos de pegar o avião no fim da noite, para irmos a Belo Horizonte.

Melanie: - Poxa, em especial prezava que você fosse, pois tenho algo importante para conversar com você.

Thomas: - E eu em especial à Sophia.

Fred: - Ai tem coisa.

Suna: - Vai Severo, acho que todos concordam em ir menos você.

Severo: - Se é importante para vocês, então fazer o que? É maioria contra minoria.

Depois da conversa todos seguiram para seus lados. Severo recusou-se a dirigir, pois não estava bem emocionalmente. Ao chegar ao hotel, todos subiram para seus aposentos. Sophia saiu de seu quarto em direção ao dos rapazes e pediu que Fred chamasse Severo.

- Severo o que há?

- Como assim?

- Desde quando voltamos do passeio você está estranho, nunca escondeu nada de mim, e agora quase nem fala. Esqueceu que somos amigos? O que você tem?

- Prefiro não falar, só me dá um tempo. Depois converso com você. Preciso pensar.

- Eu te fiz algo? Não recordo se te tratei mal. Diz-me o que está havendo, estou preocupada com você, não está vendo?

- Eu sei você não tem culpa, afinal você não sabe o que se passa, então não fique se lastimando.

- Mas você me deve explicações, afinal nunca escondemos nada um do outro, eu pelo menos, não sei você, porque está todo estranho agora.

- Desculpas só eu "secondo" as coisas. Depois conversamos.

Então Severo deu um forte abraço em Sophia, prendendo um suspiro de culpa, de um sentimento preso, no qual não tinha coragem de extraí-lo de seu peito;

Despediram-se e foram para seus quartos.

Naquela noite, Sophia voltou a escrever em seu diário de bordo.

Diário de bordo

"Após algum tempo ausente de minhas palavras, volto a escrever-te hoje, pois uma forte lança atacou-me na excursão ao Brasil. Desde a minha chegada ao país, sentia-me feliz por completo até o presente momento, ou seja, até Severo agir de

modo estranho comigo, como nunca antes. Estou em pleno desespero de meus sentimentos fraternos, afinal, nunca incidiu algo parecido entre nós, como hoje. Pela primeira vez, sinto-me perdida diante a essa situação. Sei que não é muita coisa, mas tenho medo de perder sua amizade. Encerro esse dia com essas palavras."

Sophia Lunkins.

O último dia na cidade de Rio de Janeiro raiara, e todos ficaram despertos bem cedo para aproveitar o tempo que tinha. Após longínquos passeios, a indiferença em Sophia e Severo era notável, o que levava a questionamentos discretos entre seus amigos, que a propósito não estavam confortáveis com tal situação. Ao final da tarde todos retornaram ao hotel com os seus horários em mente. Eles haviam prometido ir à festa de Thomas que começara às 21h, mas poderiam ficar pouco tempo, pois o voo para Belo Horizonte estava marcado para a meia-noite e não arriscariam perdê-lo.

A bagunça no apartamento das garotas era tamanha. Os rapazes já haviam se arrumado, e ficavam cobrando delas em suas portas. Severo estava com uma camiseta de botões branca e um colete preto, podia-se confundir com um verdadeiro príncipe inglês. Fred tem paixão por roupas pretas, e não as dispensou em seu traje, estava entre os rapazes o mais elegante. Até que todos se arrumaram. As garotas estavam belas, cheias de carisma, belezas diferentes, que não dava para ressaltar e muito menos comparar. Suna estava com uma saia azul marinho, uma blusa estilo marinheiro e um fedora branco, que apesar de despojado lhe deixara ainda mais madura. Lara em visual romântico apostara em seu vestido favorito, que guardara há pouco tempo, mas sentia como se fosse uma princesa da pérsia, por ser todo trabalhado em rendas douradas, porém discreta, que a deixava cheia de graça. Sophia vestia-se cheia de atitude, não dispensou um charme uma camiseta colada e uma saia em tons de preto e vermelho, uma maquiagem forte, que marcara bem os seus olhos e que a deixava com um ar provocante e leve, era a primeira vez que se vestia daquela forma, pois o seu costume era jeans, roupas mais discretas e geralmente sem maquiagem.

Enquanto Suna e Lara foram ao encontro dos meninos, Sophia, ainda estava em dúvida se iria daquela forma. Estava se sentindo estranha, porém bem mais valorizada.

Depois da decisão, desceu e encontrou com todos, que ficaram abismados da forma diferente de Sophia vestir-se, Severo em principal ficou encantado com a sua exuberância, sem palavras, engoliu seco e virou-se e gesticulou para todos segui-lo até o carro.

A casa de Thomas e Melanie era de dois andares, a entrada continha um jardim de folhas secas devido ao calor, a fachada tinha um estilo moderno, com uma porta larga, várias janelas em vidro e embaixo, as laterais davam entrada para a área de uma piscina e dentro possuía alguns cômodos em conceito aberto. Os móveis eram modernos, cheios de requinte tudo branco, preto e marfim e amarelo. A casa não tinha rastros de antiguidade.

Ao chegar à casa de Thomas e Melanie, espantaram-se, pois o que se dizia uma "festinha" realmente não era aquele o sentido da palavra. A casa estava cheia de pessoas, porém todos com o perfil de universitários. Para o desgosto de Severo ao entrar, foram logo recebidos por Thomas, que os cumprimentou e logo puxou Sophia para o jardim. Em seguida, ao circular pela festa, logo avistaram Melanie e foram cumprimentá-la, que em seguida apresentou um grupo de amigos mais próximos dela com quem Suna se identificou bastante a ponto de começar um rodízio de diferentes tipos de coquetéis com essas pessoas, enquanto isso, Melanie não perdeu tempo, chamou Severo para conhecer a casa e conversar. Fred e Lara não se sentiam à vontade na mesma roda de amigos que Suna, pois além de não optarem pelo álcool, a conversa era extremamente adulta, sentindo-se indiferente, foram para a piscina da casa, deitaram cada um em uma daquelas cadeiras reclináveis, enquanto olhavam as inúmeras estrelas que avistara naquela noite limpa e cheia de sereno. Lara não se conteve e sem querer saiu uma indireta das palavras que proferira naquela hora.

- Sempre sonhei com esse momento.

Assustado Fred retrucou.

- Como assim?

- Desculpas, não deveria ter falado isso. Esquece.

- Não quero saber, você disse com tanta sinceridade e convicção, uma coisa qualquer não sai dessa forma.

- Não! Fred esquece, é besteira minha.

- Vamos lá, Lara seja sincera comigo. Não custa nada, você tem algo a dizer, eu tenho certeza disso. Olha nos meus olhos.

E procurando o olhar de Lara, Fred pediu firmemente que o olhasse.

- Não querià forçar nada. Não posso te dizer, isso poderia comprometer muita coisa.

Fred: - Mas ora, os sonhos muitas vezes tornam-se realidade.

Vamos lá, força, olhe nos meus olhos, não é tão mau assim.

Lara: - Não sei se devo, eles podem dizer mais do que eu posso proferir, e também, eu nunca olhei nos olhos de outra pessoa diretamente, principalmente como você.

Fred puxou Lara para sua frente. Ainda sentados em suas cadeiras, procurara seu olhar. Lara indiferente, com um extremo medo de dizer a verdade e destruir sua amizade com Fred, levantou-se rumo à sala de estar. Fred não se conformara com a situação, também recentemente tornara-se conquistado por Lara, e mais uma vez num susto de um grito alto e forte, que de uma forma grotesca, Lara não conseguira se equilibrar perante a borda da piscina e junto puxou Fred que caiu junto na piscina, roubando-lhe um beijo, que parecia mais com um romance de filme da década de 50, rodeado de pessoas que estavam na festa, ouviu-se comemoração e brados dos mais próximos, levantando os seus copos para cima, brindando ao amor do casal desastrado que se encontrava dentro da piscina fria da casa de Melanie. Lara, naquele momento, não sabia se ficara furiosa, ou se ria continuamente daquela situação inusitada, na qual se sentia constrangida e nutrida de sentimentos bons. Cheia de emoção, ainda dentro do poço dos sentimentos Lara enfim não tinha mais o que esconder e desabafou o que sentira.

- Era isso que queria negar para mim mesma, ou neguei durante um bom tempo, sempre gostei de você, mas não falava, porque não sentia reciprocidade.

- Eu percebi, quando falou aquela simples frase, por isso que queria saber mais de você. A gente se conhece há tanto tempo, mas lhe digo, que faz pouco que sinto-me atraído por você.

- Isso para mim é novo.

- Então, aproveitando a deixa, quer namorar comigo?

- Você está brincando comigo?

- Por que eu brincaria com uma coisa tão séria?

- Não sei, só sei que aceito.

Os dois em uma felicidade incessante começaram a rir, e uma vez mais se beijaram, interrogaram-se como iam fazer para trocar de roupa, já que iam direto da festa para o aeroporto, saíram da piscina e quando olharam para o outro lado do jardim, Melanie conversara com Severo, que não se sentia muito à vontade, mas como estava tão vulnerável ao fato de ter decepcionado com a atitude de Sophia, acabou cedendo as investidas de Melanie, que tentou um beijo em seguida. Enquanto isso, Thomas foi buscar uma bebida para Sophia, que logo se dirigia para a piscina e de repente deparou-se com a cena de Severo e Melanie bem próximo um ao outro. Sem saber explicar ou definir, Sophia sentiu uma forte decepção, e não entendera a finalidade dessa angústia, uma tristeza que lhe consumia, e o principal, não sabia o porquê desse sentimento, que também se confundia com raiva, afinal, ele era só seu amigo e nada mais. Voltou para o jardim e pediu para Thomas acompanhá-la até lá fora, onde ficaram conversando algum tempo. Dentro da casa com o grupo dos coquetéis, Suna estava às avessas, quase totalmente bêbada não observara os seus limites, quanto mais bebia, mais caia na gargalhada com seus companheiros, dançava, contava piadas misturadas em português e espanhol, não se divertia há bastante tempo.

Já passara das onze da noite, e ninguém dava conta do horário. Quando Sophia, ao entrar na sala, olhou para o relógio e fora alertar a todos. Saiu correndo pela casa chamando Fred e Lara que já haviam trocado as roupas molhadas quando foram buscar roupas secas nas malas no carro, onde pediu para procurar por Suna e esperá-la fora da casa, em seguida foi para o jardim, chegou perto de Severo, que se assustou com sua chegada, e consequentemente notara naquela instante uma angústia e melancolia nos olhos de Sophia. Observando que o momento não era propício para perguntas, não falou nada, chamou alertando que já passara das onze.

O aeroporto ficara a 40 minutos da casa de Melanie, todos entraram no carro, fazendo o check-in às pressas pelo celular para não perder o voo, que já compusera de suas malas e passaporte onde embarcariam para Belo Horizonte meia-noite e cinco. Severo estava nervoso, pois não sabia se conseguiriam chegar a tempo do embarque, Suna estava em Condições alteradas, ria sem motivo e não conseguia se preocupar com a situação.

Chegaram ao aeroporto à 0h15, fazia 10min que o avião havia decolado. Todos sentaram desolados no saguão e começaram a discutir um colocando culpa nos outros. Até que chegaram a um consenso e voltaram para o mesmo hotel.

Ao chegar, colocaram Suna na cama, e foram discutir o que fazer. Alterada e frustrada, Sophia falou:

- Não acredito que perdemos esse voo.

- O pior é que tínhamos cronometrado os dias para a excursão em Belo Horizonte e agora com o voo saindo amanhã a noite e ainda uma taxa de R$ 300,00 a pagar por pessoa, está fora de cogitação ir a essa cidade.

- Concordo alguém nos dá uma sugestão?

Severo: - Não sei nem o que pensar. Sophia, o que diz?

Sophia não respondia, estava fora de si naquele momento, que não escutara ninguém a sua volta.

Lara: - Sophia?

Fred: - Sophia acorda! Onde você está mulher?

Lara deu uma breve sacudida em Sophia, que acordou em um súbito silêncio.

Severo: - Então, o que acha que devemos fazer?

- Sinceramente? Acho que devíamos esquecer a viagem a Belo Horizonte, sair dessa cidade, e embarcar o mais depressa possível para o Nordeste.

Fred: - Até que é coerente. O que vocês acham?

Severo: - Bem, se é assim?

- Porque, você gostou de ficar aqui? Ou melhor, gostou em especial dessa noite?

Severo: - Notei um ar irônico em suas palavras. Porque você está perguntando isso?

- Sei lá, só constatei, ou melhor, perguntei o que já sabia?

- O que você está querendo dizer com isso?

- Nada Severo, poupe-me de suas perguntas, sabe que não gosto quando alguém responde a uma pergunta minha com outra pergunta.

Lara: - Já chega, dá para parar de discutir? A gente não pode ficar aqui por mais dias, vai atrasar tudo, será que não percebem?

- Se deixar-me decidir pela questão, amanhã mesmo pegamos o voo para Fortaleza e começamos logo a investigar o caso de Delsa, ou vocês esqueceram-se disso? Já pararam para pensar quanto tempo isso pode durar? E também temos que decidir sobre a faculdade do intercâmbio.

Severo: - Vou olhar os voos disponíveis no site.

Lara: - Não consigo entender, porque vocês desde que chegaram aqui estão direto brigando.

- Nem eu, mas seja lá o que for uma hora vem à tona..

Severo: - Não vamos discutir isso agora. Achei voo amanhã para Fortaleza às nove da noite. Vou reservar. Faremos o seguinte, primeiro, ajeitamos nossas coisas aqui no hotel, fechamos a conta, eu vou deixar o carro na locadora e seguimos para o aeroporto.

Após a conversa de planos. Todos foram para os seus aposentos, enquanto isso, Sophia mais uma vez escrevia seus lamentos no Diário de Bordo.

Diário de bordo

"Como antes mais uma vez, venho a ti desabafar meus lamentos mais íntimos, que a coragem não deixa-me falar a um amigo meu, que só és tu. Hoje, encontrei-me em uma situação, onde fui tão vulnerável. Quase que perdi o controle sobre uma situação, que seria fácil de lidar, mais ao ver Severo junto à Melanie, não contive, e todos os sentimentos absurdos vieram-me à cabeça. Não entendo até agora a razão de minha reação a uma situação que encararia normalmente, afinal, ele é só meu amigo de anos não é?

Em momento, estou tão confusa, que quase não compreendo minhas próprias razões. Sei que não pode proferir-me palavras de ajuda, afinal aqui se encontra só uma folha, mas com isso já tenho uma auto-ajuda".

Ao amanhecer, todos acordaram um pouco mais tarde que de costume, afinal, viraram a noite com toda aquela agitação. Suna acordou com uma dor de cabeça que só um bom café poderia ajudá-la. E enfim foram à lanchonete do hotel para um café da manhã.

Suna: - Então, desculpem por ter feito perdermos o voo para Belo Horizonte.

Sophia: - Não foi você, e mudamos de estratégia.

Severo: - Vamos a Fortaleza hoje.

Suna: - Nossa, mas tão rápido? E Belo Horizonte? Não vamos mais?

Fred: - Só tinha voo para depois de amanhã e isso iria atrasar o nosso percurso. Fica para uma próxima. Afinal, já sabem da novidade?

Severo: - Novidade?

Lara: - É, contamos agora Fred?

- Mas é claro. Bom, eu e Lara estamos namorando.

Suna: - Como assim? Eu não vi nada entre vocês dois?

- É, quase ninguém, somos muito discretos.

Sophia: - Bem, eu já sabia que Lara tinha uma quedinha pelo Fred. Ao menos uma notícia boa.

Fred: - Como assim?

Severo: - E eu sabia que recentemente Fred começou a interessar-se por Lara. Que bom que não preciso mais guardar isso.

Suna: - Pelo visto, só quem está por fora de tudo sou eu.

Todos caíram na risada.

Fred: - Afinal, já que estamos botando tudo em pratos, limpos esta manhã. Porque vocês, Severo e Sophia, não contam o que está havendo?

- Não lhe compreendo.

- Eu também não.

Lara: - Não finjam de bobos, afinal eu vi você Severo ontem ficando com a Melanie e você também Sophia ficando com o Thomas.

- É o que eu acho que todo mundo já sabe. Inclusive você não é Severo?

Severo: - Lá vem você com suas ironias de novo. O que está havendo? Não estou compreendendo você desde ontem garota! Eu não fiquei com Melanie, confesso que ela estava dando umas investidas bem pesadas, mas eu não consegui. Ela é muito bonita, mas infelizmente comigo não acontece assim.

Fred: - Dá para parar? Lara estava falando justamente dessa confusão. Dessa discussão contínua deles, e é bem recente, porque quando chegamos aqui, eles não chegaram assim.

Estavam tão felizes e não brigavam nenhum segundo sequer. Vamos confessar, foi depois que eles começaram se envolver com esses irmãos ai, que começaram as confusões.

Suna: - Também notei.

- E sabe o que eu acho? É que vocês estão com ciúmes um do outro. Assumam logo isso de vez.

Sophia: - Está doido? Perdeu a noção? Minha amizade com Severo é completamente saudável, não tenho o porquê sentir ciúmes dele, afinal somos bons amigos. Só estamos passando por uma fase normal.

- Mentira! Você nunca ficou com ciúmes dele porque nunca viu ele com uma garota que não fosse você. E não só você, mas ele também.

Severo: - Está falando coisa com coisa, é melhor eu sair daqui e ir deixar o carro na locadora, volto em uma hora.

Após essa conversa nada agradável, todos foram arrumar suas coisas no hotel e fechar a conta. Enquanto Severo tinha saído, Fred foi arrumar suas coisas e dentro da mala de Severo encontrou um lenço fino, cor de vinho com listras brancas e com um cheiro cítrico que aromatizava as rosas amarelas do campo, o perfume era muito parecido com que Sophia usava e junto ao lenço uma foto de um baile colegial que haviam tirado há um ano. Então ele chamou Lara.

- Olha só o que achei.

- Espera, esse lenço me é familiar.

- Claro, olha para a foto, a Sophia está usando o mesmo. Fora que o perfume é o dela.

- E porque será que ele trouxe isso na mala?

- Eu tenho certeza de que Severo sempre foi apaixonado por Sophia, mas nunca quis assumir.

- Eu não tenho certeza querido, essa é a prova. Nossa e ela que um dia falou que perdeu esse lenço em meio a festa, nem sabe que o perdeu nas mãos de Severo.

- Você vai contar para ela?

- O que você acha?

- Acho que não deve, eles resolvem esses problemas sozinhos.

- Agora entendi a cara desolada de Sophia enquanto estávamos saindo da piscina e ela deparou-se com Melanie e Severo juntos, você lembra?

- Claro, e juntando os pontos, Severo ficou do mesmo jeito quando viu Sophia com Thomas, por isso que eles brigam tanto.

- É, mas vamos deixar eles se resolverem, e guarda logo esse lenço antes que ele chegue. Organiza logo as coisas que nós já estamos descendo para esperar Severo para sairmos.

Severo chegou e todos foram em direção ao aeroporto rumo a um novo encontro e um maior desafio, pois aí começava o ponto alto da viagem, afinal um desafio foi proposto, e em troca conquista e honra ser-lhe-iam dados.

O desembarque acontecera no aeroporto Pinto Martins, na capital Fortaleza no estado do Ceará exatamente às 0h20. Ao chegarem mais uma vez passaram em uma locadora de carro e pegaram outro SUV na cor preta. Dessa vez não era necessária à procura por um hotel, pois afinal já era meia-noite e ainda não haviam conseguido localizar o endereço dos familiares de Delsa, que em consequência disso a situação ficara ainda mais apertada. Decidiram que por aquela noite deviam desistir e voltar a procurar no dia seguinte. Não foram ao hotel, pois o orçamento já estava apertado com o aluguel do carro. Acharam um posto de conveniência, estacionaram, compraram um lanche e passaram a noite no próprio automóvel na casa de conveniência.

Amanhecera o dia com um rapaz que trabalhava no posto batendo ao vidro do carro. E Suna já acordara irritada com a situação.

- Mas que situação, a gente já chega à cidade e já tem que dormir dentro de um carro!

Fred: - Deixa de reclamar, o que importa é que estamos bem.

Severo: - Nossa! Como vocês são fracos. Vamos olhar pelo lado bom das coisas.

- E qual seria? Você ainda ver lado bom nisso?

- Claro que sim, nos reaproximamos, não vê?

Lara: - Faz sentido.

- Sophia, pergunta ao frentista do posto para que lado fica este endereço.

- Boa ideia.

Então voltou para o carro, e seguiram viagem. Depois de algumas voltas, enfim acharam a casa. Pararam na porta e Suna ligou para Delsa.

- Oi, Delsa. Então, chegamos a Fortaleza.

- Mas já?! Pensava que vocês iam chegar daqui uma semana.

- Aconteceram alguns imprevistos e chegamos mais cedo. Estamos no endereço que nos deu e em frente à casa de seus familiares, queria saber se já ligou para eles.

- Liguei há três dias podem tocar a campainha sem medo.

- Certo, e queríamos saber outra coisa. Enquanto aquele caso da casa fechada que você nos deu a chave para investigar, se trata de qual? Da direita ou da esquerda? Tem uma de muro preto dois andares, imensa um pouco velha e outra com muro amarelo também dois andares.

- É a do muro escuro.

- Vai ser bem difícil, ela é enorme.

- Eu sei, é por isso que é melhor se apressarem e entrar lá amanhã mesmo.

- Está bem, até logo.

- Boa sorte para vocês.

Todos desceram do carro e foram em direção à casa da família de Delsa. Tocaram a campainha e quem lhes atendeu foi a empregada da casa, uma jovem magra chamada Roselena.

Roselena era uma jovem de 23 anos, magra, olhos esbugalhados e curiosos, falava pelos cotovelos, estava dando continuidade aos estudos que havia interrompido quando engravidou pela primeira vez aos 15 anos do seu então atual noivo, seu primo Leonardo. Com a filha já em idade escolar, ela decidiu retomar os estudos e matriculou-se em um sistema de ensino para jovens e adultos, onde cursava no período noturno.

- E vocês quem são?

Lara pronunciou-se:

- Somos alunos de Delsa, sobrinha de Leopoldina.

- Ah sim, que ela disse que viriam de Cuba!

- Sim somos.

- Entrem, e esperam aqui na sala, podem sentar vou chamar a senhora Leopoldina. Vocês querem algo para comer?

Severo: - Não obrigado, por enquanto não.

- Volto já.

Sophia: - Nossa que casa linda!

- Concordo.

Leopoldina, uma senhora de 59 anos porém, não aparentava, gostava muito de se cuidar. Tinha muito apreço pela beleza, personalidade forte, sempre queria suas coisas muito impecáveis, gostava de fazer amizades, apesar de seu jeito meio que imperioso de ser, se dava bem com os jovens, porém não gostava que a contestasse em opiniões. Uma pessoa muito espontânea lhe envolvia, gostava de muitas pessoas ao seu redor, apesar de um grande defeito, era apaixonada pelo poder e pelo dinheiro e o egoísmo era seu principal defeito. Divorciada, tinha a mãe de Delsa que já falecera como sua única irmã e três filhos, uma mulher chamada Carmen, noiva, com 29 anos, um homem chamado Caco de 32 anos, divorciado, e um rapaz chamado Cristiano de 21 anos que namorava uma moça do bairro, todos moravam com Leopoldina, exceto sua filha casada. Então em uma breve risada, o poder em pessoa desce as escadas cumprimentando os visitantes.

- Bom dia, queridos!

Sophia: - Bom dia senhora Leopoldina.

- Você é a única que fala português?

- Não, Severo também fala um pouco, e os outros ainda estão aprendendo.

- Pensei que vocês viessem daqui uns cinco dias.

- Ocorreu um problema na nossa viagem e tivemos que mudar de rota.

- Algo grave?

Severo: - Fomos a uma festa com amigos, fugimos do horário e perdemos o nosso voo.

- E as malas de vocês? Os quartos já estão prontos.

- Estão no carro.

Sophia: - Bom, é que cada um tem descendências diferentes

- Quero que conheçam meus filhos, são todos lindos, principalmente Cristiano, acho que faria um belo par com você Sophia, com todo o respeito, tenho que contar para vocês, não gosto da namorada dele.

Todos riram mais Severo ficou com um ar de indiferença.

- Então as outras crianças não falam? Eu entendo espanhol.

Todos riram.

Suna: - Então Senhora Leopoldina, sua casa é linda, mas ao lado quando chegamos, notamos uma casa tão velha, mora gente lá?

- Senhora não! Ainda sou jovem. Bom, aquela casa ali foi da minha mãe. Ela faleceu há algum tempo, mas não deixou nada lá dentro. Quando entrei, vazia estava e vazia ficou, então pelo testamento, ela foi dada de minha irmã Celeste para sua filha Delsa, que nem vende e só fica pagando despesas todos os anos. Enquanto eu, herdei essa casa que estou, que também era dela. Nunca fiz questão daquela velharia, ela pode ser grande, mas é um lixo.

- Nossa, e faz quanto tempo que ela está fechada?

- Desde quando ela faleceu. Mas isso não vem ao caso. Então garotos e garotas, qual a finalidade de vocês aqui? Só passeio?

Sophia: - Não, temos um trabalho de pesquisa a fazer no país e também se gostarmos daqui, pretendemos fazer intercâmbio, quem sabe.

- Aprovo, acho que vocês se adaptariam ao capitalismo rápido, apesar de Cuba ser comunista, não é? Pretendem passar quanto tempo aqui?

- Em torno de três semanas, no máximo.

- Certo, me digam uma coisa, trouxeram roupas de banho?

Fred: - Como assim?

- Temos duas opções, ou vamos à praia ou um banho de piscina mais tarde.

- Não trouxemos, é que não pensamos nesse detalhe.

- Bom, já são quase meio-dia, vamos almoçar, eu acomodo vocês nos quartos, e em seguida vamos a um shopping comprar roupa de banho, pode ser?

Todos foram colocar suas malas em dois quartos de hóspedes que tinham ao final do corredor no 2° andar da casa. Perto do quarto de Cristiano e Caco. Em seguida foram almoçar, e saíram rumo ao shopping atrás do carro de Leopoldina. Chegaram ao maior shopping da capital, passaram a tarde olhando e divertindo-se com a diversidade de coisas que o local compusera, compraram e foram para casa. No carro Lara manifestou:

- Vocês estão se sentindo estranhos?

Suna: - Bom, uma coisa boa é que estamos nos adaptando bem rápido.

- Realmente, não tem o que contestar sobre isso.

Entre algumas conversas, apesar do encantamento com as belezas do país, ao longo dos dias iam fazendo anotações e discussões sobre a política e economia. Enfim, chegaram à casa de Leopoldina, que, já cansada, deixara o banho de piscina para o outro dia. A noite chegara tão serena e cheia de luz, mais radiante que os outros dias, paradigma do sol e do calor que fazia o estado.

O casarão

Toda casa abandonada guarda uma voz.

CAPÍTULO 4

Tentativa frustrada

Suna apesar de sua recente chegada, não estava aguentando mais aquele suspense, queria logo resolver o problema de Delsa, afinal, a curiosidade tomara conta de si e a grande das outras finalidades da viagem era em parte, esta missão. Aquela era a hora mais propícia para se fazer uma investigação sigilosa, então pegara as chaves do casarão de Delsa na bolsa de Sophia e em plena 2h00 da madrugada sem com que ninguém lhe avistasse, desceu as escadas da casa de Leopoldina em direção à porta de entrada, estava trancada, e mesmo no escuro foi procurar a chave. Falhou miseravelmente, em aflição andava de um lado para o outro atrás de uma ideia, quando lhe veio à cabeça da chave da porta dos fundos da cozinha. Seria bem mais fácil encontrá-la. Em meio ao caminho, derrapou sobre o tapete da sala, mas sem fazer barulho conseguiu apoiar-se ao sofá. Levantou-se e seguiu rumo à cozinha. Acendeu a luz, foi à geladeira, pegou um copo com água para acalmar, enquanto o tomava, procurava pelos cantos a chave da porta dos fundos. Quando finalmente encontrou a chave, ouviu um barulho e ficou nervosa, não sabia o que fazer, deixou o copo sobre a mesa e apagou a luz. Enquanto escondia-se no escuro atrás da geladeira, ouvia passos cada vez mais perto da cozinha, e cada vez que os ouvia o seu corpo estremecia de um jeito que nunca sentira. Foi saindo aos poucos no sentido oposto dos passos que ouvira, com cautela fazia de tudo para que não lhe notassem. Virou-se de repente e sentira que algum ser ao escuro tomara sua respiração bem próximo de seu rosto, tentou tocar e sentira um corpo alto e esbelto, muito assustada tentou gritar, mas logo aquelas mãos geladas daquele corpo à sua frente calaram sua boca. E então proferiu:

- Quem é você? Estou ficando assustada!

Então aquela pessoa saiu de perto de Suna e logo foi na direção oposta. Sem poder alcançar e muito menos fazer barulho, Suna retirou-se para o seu quarto e não viu mais nada, após aquela tentativa frustrada de fuga.

No dia seguinte, todos acordaram e foram tomar café da manhã. Na mesa principal da sala receptiva, os jovens visitantes sentaram, e logo em seguida Leopoldina, Caco e Cristiano chegaram à mesa.

- Bem, antes de começarmos, gostaria Caco e Cristiano de lhes apresentar esses jovens que irão passar as férias conosco, eles são estrangeiros de Cuba.

Todos se apresentaram com um ar amigável.

Suna: - Leopoldina desculpa e indiscrição, mas você sabe se tem alguém que circula pela casa de madrugada?

- Como assim?

- É que tenho o sono muito leve, então...

- Roselena você andou pela casa na madrugada?

- Não, senhora.

- Não. A única pessoa que poderia seria Roselena, mas não foi ela, sendo assim, deve ter sido algum sonho seu.

Suna respondeu em gestos olhando para a pessoa de Caco que sentava quase à sua frente, com um ar reprimido.

- O que aconteceu Caco? está tão distante.

- Nada, mãe. Estou assim há dias, e você só vem notar hoje?

- Desculpas meu filho, é que você sabe, tenho de fazer tantas coisas, e você já é bem crescido para eu ficar me preocupando com sua autoestima.

Leopoldina proferiu esta frase de uma maneira tão fria, que Caco se retirou da mesa e foi para a sala de reuniões onde se trancou com os processos que cuidava. Caco era um advogado bem-sucedido em suas causas, apesar disso, desde seu divórcio, sempre se encontrava triste e amargurado. O casamento durou seis anos, em tentativas de construir uma família e realizar o seu sonho de ser pai, mas nunca dera certo. As discussões com sua ex-esposa eram frequentes, levando-os à separação, como não gostava de morar sozinho, alugou sua casa e foi morar com sua mãe. Era rapaz de estatura mediana, esbelto, inteligente, dono de uma seriedade mistériosa e de uma personalidade forte, apesar disso tudo ele necessitava de um pouco mais de afeto de sua mãe, que apesar de ser bem-humorada, nunca fora próxima de seus filhos. Cristiano e Carmem já aprenderam a lidar com tal situação, mas Caco nunca se acostumou, parecia ter uma carência que nunca era suprida, e sua mãe sempre parecia uma estranha à sua frente, principalmente quando se divorciou de seu pai. Durante algum tempo morou com ele, mas em sua adolescência teve de vir morar com sua mãe, decorrente de que seu pai casou-se com outra mulher e fora morar na Filadélfia. Por mais que Caco o pedisse para levá-lo, seu pai não pode, pois não tinha a autorização de Leopoldina para o embarque do menor.

Leopoldina arrependeu-se logo depois indo até a porta da sala de reuniões, mas Caco não quis abrir. Em seguida, após o desjejum, todos foram para a piscina aprender polo aquático com Cristiano. Enquanto todos se divertiam, Suna sentia uma indiferença ao ver Caco olhando para eles através das frestas da sala de reuniões, sabia que o rapaz não estava bem, e sentia certo ar de frieza da parte de sua mãe. Sendo assim, após alguns minutos Caco cerrou as cortinas para total isolamento em seu recinto.

Eles ficaram na piscina a tarde inteira, fizeram um churrasco e se divertiram dançando a música latina de Cuba, que Sophia e Lara faziam questão de ensinar a todos da casa. Ao fim do dia, anoitecera, e todos em seus aposentos, estafados da farra que fizeram, foram dormir cedo. Sophia, ao revirar sua bolsa, notou que a chave do casarão não estava onde a deixara e perguntou às suas companheiras.

- Lara você pegou a chave do casarão?

- Não, não vamos começar a investigar só daqui uma semana para não deixar suspeitas?

- É, mas não está aqui. Você viu a chave, Suna?

- Está comigo. Achei melhor guardar, em um lugar mais escondido, afinal sua bolsa é tão visível.

- Certo, acho melhor mesmo.

Todas foram dormir. Suna fingia dormir até que as outras caíssem no sono. Já era meia-noite, e Suna ainda achava cedo para começar a investigar. Dessa vez arrumara alguns utensílios que seriam necessários para fazer tudo conforme planejado.

Passavam-se as horas e já eram 1h30 da madrugada, não aguentava mais esperar e resolveu seguir sua missão, fora direto sair pela porta dos fundos, já sabia onde encontrara a chave, então só o que lhe restaria era pegar e sair.

Quando chegara a cozinha, dessa vez não ouvira passos, mas sentira uma sensação estranha, como se alguém estivesse o mais próximo possível, quando foi ao encontro da chave, novamente alguém dessa vez tomara ao escuro a sua respiração novamente, enchendo-se de calafrios, sem saber o que fazer, falou:

- Está me deixando nervosa, quem é? É alguém da casa?

E nenhuma resposta fora-lhe dita, sentia que o corpo da outra pessoa estava à sua frente, mas não podia vê-lo, pois a casa estava com todas as luzes apagadas, não podia reagir, pois faria barulho o suficiente para acordar as pessoas da casa. Sem enxergar um palmo à sua frente, decidiu então não ligar a luz da cozinha, pois não havia tempo, aquela pessoa iria fugir. Quando lhe veio à ideia de ligar sua lanterna, a mão gelada novamente foi mais rápida e conseguiu derrubar a lanterna de sua mão, aquele corpo voltou-se contra o rosto de Suna, colando firmemente o seu rosto a outro desconhecido, envolvendo-lhe em um abraço que a deixara de pernas bambas. Compartilhado o calor entre os corpos, depois saiu em uma rapidez silênciosa como antes.

Após o ocorrido, Suna apesar de constrangida, sem reação ao acontecido, não desistira de seu alvo, colocou a chave na porta, girou a maçaneta e seguiu em frente. Pela porta dos fundos, deu a volta no jardim da casa, abriu o portão principal, em meio a uma rua deserta. Sentia um frio na espinha só de pensar em entrar naquela mansão sozinha, mas prosseguiu. Abriu uma porta alta e velha, logo a frente encontrou um jardim morto, que temia conter algum bicho que lhe mordesse. Em seguida, à procura da chave, ouviu passos que a deixou mais transtornada ainda. Com a lanterna ligada, olhou a sua volta e não viu ninguém. Enfim abriu a porta e deparou-se com uma sala vazia, sem nenhum móvel, só o que continha eram aranhas, teias, bastante eco e algumas baratas. A casa tinha uma estrutura muito parecida com a de Leopoldina. Ouviu passos novamente e decidiu voltar, pois já eram quase três da madrugada.

Passaram dois dias depois desta noite, e Suna não obteve coragem de voltar ao casarão. No jantar, todos foram a mesa, menos Caco que cada vez mais se repelia de sua mãe. Assim como Suna, ninguém se sentia confortável com a aquela situação de família. Após o jantar quase calado, foram para os seus aposentos. Fred, Lara, Severo, Sophia e Suna se reuniram em um mesmo quarto para a conversa diária.

Severo: - Então, estou um pouco indiferente com essa situação do Caco, o que vocês acham?

Fred: - Acho que alguém deveria ajudar ele.

Lara: - Concordo, ele está precisando de um apoio.

Sophia: - Suna, o que você acha?

- Não vou mentir, ele parece ser uma pessoa boa, e também está passando por problemas, é lógico que alguém que não seja da família deve ajudá-lo.

Lara: - Ele, todos esses dias fica trancado na sala de reuniões e não deixa ninguém entrar.

- Suna, porque você não vai? Afinal, você sabe ter esses tipo de conversas, acho que pode ajudá-lo.

- Engraçadinho, mas eu vou mesmo e é agora.

Suna seguiu até a sala de reuniões e bateu na porta.

- Quem é?

- Sou eu, Suna. Posso falar com você?

- Pode entrar.

- Então, queria saber como você está. Estamos todos preocupados com você. Passa dias aqui sem nem falar com ninguém.

- Bom, eu falo com os meus clientes por telefone, vou ao fórum...

- Mas trata-se de sua vida profissional, não da pessoal.

- Não são todos que se preocupam comigo assim. Eu agradeço por vir aqui, mas acho que você está perdendo o seu tempo, principalmente com um estranho como eu.

- Como assim? Preocupo-me como todo mundo, e de certa forma, até me identifico com você e seus problemas aparentes.

- Talvez, eu esteja olhando pelo lado errado, mas a vi no dia da piscina e você não estava bem.

- Seu censo perceptivo é incrível.

E se aproximando de Suna Caco disse:

- Observo muito nas pessoas.

Colocou sua mão gelada na boca de Suna e disse:

- Percebe alguma sensação familiar?

- Então foi você?

- Na cozinha, às 3h00 da madrugada, e o abraço também.

- Mas, como me viu?

- Sou muito observador, tenho insonia, já disse.

Então em um abraço longo, falou:

- Sentia que você necessitava de um abraço, que estava tão sobrecarregada quanto eu. E eu realmente preciso sair daqui, estou me organizando, por isso estou tão distante esses dias, mas a sua chegada tem deixado minha cabeça confusa.

- Não entendo.

- Não aguento mais ficar nessa casa, só não vou morar em outro lugar ou em outro país porque não tem ninguém que venha comigo, vivo nessa mesmice há muito tempo. Eu preciso me acostumar a ser sozinho, ser um pouco mais independente, mas não consigo.

- E se você fosse conosco para Cuba?

- É o que mais queria, mas teria de ser tudo escondido de minha mãe. Quer dizer, eu sempre faço tudo escondido dela. Sumir do país não faria diferença.

- Então daqui a duas semanas apronte suas malas, que você vai conosco, posso te dar um suporte lá, se você quiser, quem sabe por alguns tempos.

- É só o tempo de me organizar e estarei pronto. Então, mudando de assunto, você não estava na cozinha, estas vezes que lhe encontrei à toa, não é?

- É...

- Sei que foram mandados por Delsa, para investigarem a casa de sua mãe.

- Como sabe? Ela falou que não saberiam principalmente Leopoldina.

- Ela por acaso, lhes mencionou "vocês terão quem lhe ajudem não se preocupe"?

- Bom, que eu lembre, sim.

- Então, junte os pontos. Desde o dia em que vocês embarcaram para o Brasil, Delsa me ligou informando que trariam a chave do casarão consigo. Fui atrás de você naquele dia na cozinha, porque achava que fosse a melhor hora, para um de vocês precipitarem-se a investigar, no caso foi você.

- Ah, então era seus passos no casarão, naquela noite do abraço.

- Como assim? Não era eu. Em nenhuma das vezes eu saí de casa, só lhe acompanhei na cozinha.

- Então quem era?

- Seja lá o que for, vou auxiliar vocês para ninguém desconfiar, e vamos começar a agir desde amanhã, pois só faltam duas semanas para partirmos.

- Vou bolar um plano hoje, para seguir e passar para vocês.

- E hoje, você vai comigo?

- Claro que sim. Vou pegar uns equipamentos e no mesmo horário da madrugada nos encontramos na cozinha.

- Certo.

- Mas não podemos só investigar a casa neste horário, temos de fazer isso durante o dia também.

- Não acha muito arriscado?

- Não vamos encontrar nada lá durante a madrugada, é muito escuro. Além de vários fatores que podem atrapalhar, eu já sei exatamente os horários que minha mãe sai, vou cuidar para que ninguém mais veja.

- Entendo. Temos de ver uma hora durante o dia.

- É, mas isso nós discutimos quando tivermos com seus amigos. Enquanto isso, quer passear e ao fim da noite jantar comigo?

- Bom, não sei se devo.

- Porque não? Assim poderemos planejar algo, conversar um pouco, se conhecer.

- Sendo assim pode ser.

Enquanto isso atrás da escada estava os amigos de Suna a observar a situação, sem poder ouvir o que falavam, apostara que ali já existira um clima de romance entre Suna e Caco.

Anoitecera e Caco e Suna resolveram sair para lados diferentes, com pretensão de que ninguém desconfiasse da "parceria". Combinaram um passeio de carro para conhecer algumas praias locais e caminhar um pouco na orla. O clima era leve, tranquilo, sem pressão e muito descontraído. Ao chegar, traçaram o mesmo trajeto para não levantar desconfiança.

Que comecem os jogos...

Como combinado, Suna já estava pronta novamente para sua investigação ao casarão, mas dessa vez acompanhada de Caco. Na madrugada em silêncio, levantou-se de sua cama e partiu rumo à porta do quarto, quando é tomada por um susto em voz baixa de Sophia.

- Suna, aonde vai?

- Vou para a cozinha.

- Vou com você!

- Não, melhor não. O que você quer?

- Vou beber água, e ir ao banheiro.

- Trago água para você.

- Não, eu vou junto.

- Não insiste.

- Suna, você está me escondendo alguma coisa?

- Não, nada.

- E que chaves são essas na sua mão?

- Vou te contar a verdade, mas tem que ser rápido.

- O que há?

- Eu há algum tempo desde que chegamos que estou investigando o casarão, na madrugada e nessa investigação encontrei um aliado que pode nos ajudar muito.

- E quem é?

Não posso te contar agora, vou demorar e ele já está me esperando.

- Quero ir também.

- Não acho certo, vai fazer mais barulho, já temos um plano, amanhã contaremos para vocês.

- Mais tarde, você vai ter de contar isso para os meninos, sem segredos.

- Está certo, agora tenho que ir, dorme.

Ao chegar na cozinha, Suna foi surpreendida com um beijo na escuridão da noite. Ofegante, não soube reagir diferente e retribuiu de forma leve e firme. Sentia-se amada e numa aventura digna de cinema, não conseguia conter a emoção de um bom início de romance.

Apressados e com os corações palpitantes em meio a tantos causos, Suna e Caco foram em direção à casa, que agora com um equipamento melhor, conseguiam enxergar alguns detalhes da casa, sentiram a sensação de companhia, mas de nada serviu nem se via, olharam só os compartimentos do primeiro andar. Em seguida, por não poderem demorar, voltaram para casa.

Amanhecia ali um dia nublado, que anunciava chuvas turbulentas. Ao café, todos se olhavam estranhamente, e alguns não entendiam. Sophia ansiava pela hora de reunir seus amigos, junto de Suna e do seu tal investigador, para deixar tudo em "pratos limpos". Quando todos terminaram, Caco deixou cair um cartão no colo de Suna, que havia escrito "Queria poder te beijar agora... janta comigo mais tarde? Espero você e seus amigos no meu escritório para tratarmos dos assuntos pendentes, o endereço encontra-se no verso do cartão"

Ao caminho, ninguém sabia e nem entendia o que estava acontecendo, exceto Suna e Sophia. Fred, inquieto perguntou:

- Então, para onde estamos indo?

- A um amigo meu que pode nos ajudar.

- Nos ajudar com o que?

- Como assim garoto, não lembra do motive de estamos aqui?

Severo: - Pelo visto só são as suas que sabem do tal segredinho.

Lara: - Que segredinho?

Severo: - Não sei, elas estão tão estranhas.

- Quando chegarmos lá tudo será esclarecido.

Severo: - Eu espero.

Ao entrarem, depararam-se com Caco.

Sophia: - Caco? O que faz aqui?

Severo: - Não entendo nada.

- Calma, o mesmo que vocês. Posso explicar, mas preciso da ajuda de Suna. Sei que foram mandados por Delsa, para investigarem a casa de sua mãe. Com já expliquei toda a história para Suna, vou também explicar para vocês. Ela ao acaso disse para vocês, "vocês terão quem lhe ajudem não se preocupe"?

Lara: - Sim, disse.

Sophia: - Estão ela está se referindo a você?

- Sim, desde o dia em que vocês embarcaram para o Brasil, Delsa me ligou informando que trariam a chave do casarão consigo. E que quando chegasse aqui, eu me aproximasse de vocês para a investigação.

Severo: - Mas no caso, a única em que você se aproximou foi Suna.

Caco: - Me identifiquei muito com ela. Mas voltando ao assunto, escolhi o meu escritório porque lá em casa alguém poderia ouvir nossa conversa, que tem que ser o mais sigilosa possível. Contudo, quando estivermos no fim da investigação embarcarei com vocês para Cuba, prometi que ia morar com Delsa, ela entende os meus motivos e sabe que minha mãe nunca me amou verdadeiramente, porque sou o filho mais sensato dela. Fora tudo isso, sempre tive um relacionamento mais de mãe e filho com Celeste, a mãe de Delsa, do que com minha própria mãe.

Fred: - Que triste. E como vai ficar sua vida aqui no Brasil? Você é advogado, não é?

- Sim, vou terminar alguns processos, e os mais longos vou encaminhá-los para um amigo de confiança. Deixando um pouco a minha vida de lado. Há alguns dias, encontrei Suna, tentando investigar o casarão sozinha.

Severo: - Era por isso que ela andava tão estranha.

- Só fui saber disso nesta madrugada, porque a peguei no flagra.

- Desculpa. Vi todos parados sem fazer nada quanto ao assunto e decidi começar sozinha.

- Então, conheço um pouco daquele casarão, porque já frequentei lá, na época em que Celeste era viva. Nosso principal alvo é adentrar a casa pelo horário do dia. Leopoldina vai viajar para São Paulo, o ruim disso é que ela vai passar só quatro dias, tempo suficiente para desvendarmos a casa.

Sophia: - Mas não podemos esperar tal viagem.

- Justamente, bolei uma série de planos para ninguém suspeitar.

- Era isso que estava esperando, pode nos contar.

- Bom, hoje como está chovendo, é mais fácil, porque ninguém sai de casa. Nós iremos às três da tarde.

- Mas já são 13h30!

- Não tem problema, é só tempo de sairmos daqui. Temos de entrar discretamente e estacionar o carro longe onde ninguém possa saber que estamos perto. Podemos ficar lá até escurecer, quando estiver por volta das 18 horas, temos de sair de lá. Alguém já está com as chaves?

Suna: - Sim, eu estou.

Lara: - Certo. Esta é a estratégia para hoje, enquanto amanhã?

- Como amanhã é sábado. Diremos que vamos a uma festa à noite. Só que ao invés de irmos a esta "suposta festa", faremos o mesmo, guardamos o carro em algum lugar distante e entramos novamente na casa. Enquanto isso, para investigarmos melhor, vamos comprar algumas lanternas para iluminar melhor o ambiente. Só não podemos investigar o quintal e o segundo andar à noite, é perigoso.

Severo: - Perigoso por quê?

- Como a casa é muito velha, e está há anos sem reforma nem manutenção, alguns pisos e madeiras estão rachando e cheios de cupins.

- E você sabe como está a situação dentro da casa?

- Bom, depois de todos esses anos, a primeira vez que entrei lá, foi ontem com Suna.

Suna: - Só encontramos muitas aranhas, poeira, no andar de entrada não tinha nenhum móvel. O jardim da frente tem árvores mortas, muita areia, folhas, lixo e dois gatos que ficam rondando pela casa.

- O quintal não vimos, mas quando teve o enterro de minha tia há dez anos, como eu já tinha 22 anos de idade, lembro-me de terem tirado todos os móveis da parte inferior, mas deixaram os de cima, que a maioria eram embutidos.

- Como assim, embutidos?

- Há muitos anos, os móveis eram feitos embutidos nas paredes, colados. Principalmente os guarda-roupas e escrivaninhas onde lembro que minha bisavó, tinha um baú enorme cheio de coisas velhas que ficava embaixo dela.

Fred: - Espera. Será que a tal caixa vermelha que Delsa disse não está dentro deste baú?

- Delsa, também me falou desta caixa, mas quando levaram os móveis da casa, não encontraram o baú, quer dizer, poucos sabiam que continha um baú tão grande naquela casa. Minha tia o mostrou para mim, quando tinha 14 anos, como éramos muito apegados de lá tirou uma bola de beisebol que era do meu avô, quando ele foi para New Orleans jogar com uns amigos. E que por sinal tenho até hoje.

Fred: - Então, o que vai fazer quando chegar a Cuba?

- Primeiramente conhecer o país, depois veremos. Tenho o sonho de conhecer cantos diferentes, aventurar-me neste mundo grande.

Suna: - Posso ir com você?

Todos riram.

Sophia: - Mas é verdade, Suna tem esse mesmo desejo, não é a toa que está fazendo curso de Turismo.

- Faremos planos daqui para lá.

Lara: - Enquanto aos outros planos do casarão, temos de fazer um esboço da semana, afinal temos de hoje, e o de amanhã. Enquanto ao de domingo?

- Então, estou com estratégias. Hoje, o plano 1, amanhã o plano 2, domingo o plano 3, que para não desconfiarem vou passar a cada dia durante a próxima semana um papel com o plano escrito para cada um de vocês. Um diferente por dia, a partir de domingo. Na semana que sucede não precisaremos dos planos, pois mamãe irá viajar, só precisamos de cautela para Cristiano e Roselena, entre os vizinhos também não saberem.

Severo: - Certo, já são quase três da tarde, vamos?

- Vou ao meu carro, logo atrás de vocês. Só dois lembretes: Cuidado com Roselena, ela repara demais e sai muito para comprar coisas no mercado, e o segundo lembrete, estacionem o carro na outra rua e vão a pé até lá com bastante cautela. Quando chegarem, alguém me espera detrás do portão até que eu chegue para eu correr para dentro.

Todos entraram no carro e foram rumo ao casarão.

Estacionaram o carro em outra área, e como ainda estava chovendo, a rua estava deserta. Entraram na casa, enquanto Suna esperava Caco no portão.

A frente continha um muro preto muito alto, por estar sem pinturas há tempos, um portão alto colonial sem frestas para vista. Na entrada, um jardim morto com partes completas de mato cerrado perto de uma enorme mangueira próxima de outra parte somente composta por areia. A frente da casa continha três janelas no 2° andar e embaixo duas janelas em cada lateral que continha alguns vidros quebrados com uma porta larga cor de mogno. Ao abrir, ali encontraram uma sala de visita ampla no papel de parede amarelo, com um lustre redondo central quebrado, detalhes no rodapé em madeira e um quadro grande e velho com um retrato de barcos holandeses em meio a um mar em fúria, acabando-se por cupins no centro da sala.

- Lembro-me bem, minha tia ganhou este quadro de um amigo de infância, quando tinha 14 anos. Ela era fascinada por ele. Lembro-me que ela sempre falava que quando morresse, poderiam tirar tudo, menos esse bendito quadro da parede! Ela dizia que apesar de não transparecer semelhança com a sua pessoa, ele era uma prova viva de seu amor, como se cada passada do pincel fosse feita por ela. Lara: - Realmente é muito belo, pena que esteja aos restos.

Caco: - Concordo. Se eu pudesse restaurá-lo. Mas não tenho como tirá-lo daqui sem ninguém notar.

Sophia: - É bem grande. Mas você pode retirar apenas a pintura e deixar a moldura, eu sei fazer isso.

- Lembro, que ela quando falava de seu amigo de infância, sempre tinha um brilho a mais nos olhos. E eu sempre soube que o que os dois tinham nunca fora só uma amizade. Era bem mais que isso. Mas ela sempre negava com um sorriso afetivo no rosto. Como se omitisse tudo apesar de transparecer. Sophia, se você puder tirar, levarei para Delsa, ela realmente ficará muito feliz, pois sabia da importância desse quadro.

Assim, sucederam a caminhar pela casa. Vazia, sem nenhum móvel no primeiro piso, à direita da sala, encontrava-se dois quartos de hóspedes, pareciam os cômodos menores da casa até o presente momento, eram pequenos, porém aconchegantes, cada um continha enormes janelas dando vista para o jardim lateral da casa. Em um deles continha uma cortinha de organza amarelada. Com a chuva pesada que ainda não cessara, dava para perceber que em algumas partes da casa, continha goteiras, devido à falta de manutenção ao longo do tempo. À esquerda dos dois quartos de hóspedes, um amplo corredor os dividia da cozinha. Voltando para a sala, do lado oposto uma antessala que situava-se ao lado da escada principal da casa.

Fred: - Vocês todos, venham aqui!

Sophia: - Que passa Fred?

- Encontrei esse compartimento aqui, que parece uma antessala mas está trancada. Não abre!

Severo: - Deixa-me tentar.

Sophia: - Não! Não vai adiantar. Suna quantas chaves tem na sua mão, junto com a da casa?

- Tem somente quatro chaves.

- Então uma dessas deve ser a desta sala.

- Vou tentar.

As tentativas foram fracassadas, nenhuma das chaves abria tal compartimento mistérioso. Caco foi o primeiro a questionar:

- O que faremos?

- Ela pode estar perdida pela casa.

Severo: - Ou não, ela simplesmente pode estar com outra pessoa.

- Não. Quando mandaram as chaves para Delsa, mandaram todas as da casa, sem exceção. Tem de estar aqui pela casa.

Lara: - Não podemos passar o resto do nosso tempo em busca de um compartimento, temos de explorar o resto. Já são quase cinco da tarde.

Sophia: - Calma, tente forçá-la.

Caco: - Como você quer que force uma porta de madeira pura, resistente, e ainda por cima com fechadura forte?

Severo: - Precisaríamos de materiais pesados para abrir essa porta, e com certeza faria barulho.

Fred - Não podemos perder tempo, vamos explorar o segundo andar, depois voltaremos para essa tal porta. Quem sabe encontramos a chave por lá?

Sophia: - Concordo com o Fred, vamos subir.

A escada totalmente empoeirada era em mármore branco com detalhes antigos desenhados em suas laterais. Em cima, uma sala um pouco menor com detalhes cor de vinho e cerejeira. Era a única parte da casa que continha um ar mórbido, triste, mas que exalava certa riqueza nos detalhes quase medievais. O piso era em blocos vastos de madeira fosca. Após a sala, pelo lado esquerdo um quarto amplo com vista para a rua, parecia quarto de menina, na parede uma bailarina desenhada do teto até o chão, e algumas borboletas espalhadas, só não era tão gracioso, pois estava sujo e com muito mofo nas paredes. Ao lado, outro quarto escuro com um enorme espelho, o quarto era o oposto do antecessor, parecido com os de filme de terror de tão sombrio, também dava vista para a rua em uma enorme janela.

- Esse quarto era o da minha tia Celeste.

Suna: - E o quarto do lado?

- Aquele era o de Delsa.

- A propósito, vim reparar agora, Delsa é sua prima.

- Tenho apreço por ela, apesar de sempre ela viver tão distante, acho que é por isso que Celeste era tão apegada a mim.

Continuaram a explorar o quarto sombrio. Fred se olhava no espelho, quando pisou em falso e quebrou um bloco de madeira ao canto do espelho.

Acho que prendi meu pé na madeira, não consigo movê-lo.

Todos foram ajudar, porém o problema parecia ainda maior.

Sophia: - Tomara que ninguém tenha ouvido, você quebrou uma parte do piso, pisa com cuidado!

- Não tive culpa está muito frágil. Não consigo tirar o meu pé daqui.

Severo: - Calma vamos ter de tirar essa madeira, senão vai furar o teu pé.

Suna: - Da próxima vez você não vem. Caco, porque está rindo?

- Esse cara é engraçado.

- Obrigado por rir da minha desgraça. Agora me ajuda a sair daqui.

Sophia: - Ele destrói o piso da casa da sua bisavó e você fica rindo?

- Não tem problemas, ninguém mora mais aqui mesmo.

Severo: - Ajudem-me aqui vou puxá-lo e vocês puxam o resto da madeira junto.

Sophia: - Sem fazer barulho.

Severo: - Pronto? Um, dois e três, puxem!

Todos foram ao chão, junto com Fred que reclamava de muita dor em seu pé.

- Está melhor?

- Não, acho que fraturei o pé. Não consigo andar direito, dói muito.

- Quando chegarmos a casa tem de dar uma justificativa para mamãe, ela repara muito nas coisas. Principalmente quando notar que Fred está mancando.

Sophia: - Esperem, todos calem-se!

Severo: - O que aconteceu?

- Olhem para o buraco que ficou após a retirada do bloco de madeira!

- É... Foi um grande estrago, tem de mandar reparar.

- Não é isso seu tolo! Não veê um fio prateado misturado com a areia?

- Onde?

- Logo no canto do espelho. Alguém pode pegar? Estou com medo do que seja.

Suna: - Sophia, como sempre medrosa. Eu vou pegar.

Caco: - Não eu vou, pode ser perigoso.

Em direção ao fio prateado, Caco foi com certo ar de desconfiança, e começou a puxar o fio que se encontrava de terra abaixo.

- Vamos, ajudem-me não consigo sozinho, alguém tem que me dar umà força.

Severo: - Espera! Eu te ajudo.

Os dois conseguiram puxar o fio, que na verdade era um cordão prateado amarrado a uma chave.

Suna: - Essa pode ser a chave do compartimento trancado.

- Pode ser, mas antes de descer vamos continuar procurando mais algumas pistas por aqui.

Lara: - Concordo com você.

- Espera, estou machucado.

Lara: - Você fica parado ai enquanto nós procuramos.

Severo: - Bom, se há uma chave escondida debaixo do chão, e creio eu que ela escondeu. Há possibilidades de ela ter escondido mais alguma coisa por este quarto.

Sophia: - Não vejo nenhum lugar em que ela possa esconder algo aqui, está vazio!

- E antes, você poderia imaginar que ela teria escondido esta chave debaixo do piso?

- Faz sentido... Pense em um lugar que ela possa ter escondido algo a mais pelo quarto.

Lara: - Bom, gosto muito de filmes e já assisti filmes em que as pessoas escondiam coisas em fundo falso de algum móvel, ou até mesmo detrás das paredes.

- É uma boa ideia, batam de leve em todos os lugares da parede deste quarto se encontrarem algum com um som oco, avisem.

Todos começaram a investigar as paredes do quarto de Celeste. Quando Severo achou um som estranho em uma das partes.

- Acho que achei alguma coisa nesta parede.

Lara: - Realmente está com um som diferente das demais. Como faremos para quebrar?

- Não hoje, já está quase anoitecendo, temos de voltar para casa.

Suna: - Certo, vamos descer e aproveitamos para ver se esta chave abre o compartimento.

Severo: - Mas temos de marcar o canto da parede para quando voltarmos com o martelo para quebrá-la. Alguém tem uma caneta?

Lara: - Eu tenho, vamos marcar e vamos embora até porque a chuva está mais branda e alguém pode sair e perceber que estamos aqui.

Severo: - Pronto, vamos descer.

Ao descer as escadas foram direto para o compartimento tentar a chave.

Suna: - Não entra. Ainda não é esta chave a que abre esta sala. O que faremos?

- Vamos embora. Amanhã voltaremos para procurar. Quem sabe a outra chave não está naquele oco em que Severo encontrou?

Severo: - Mas, de qualquer maneira guarde esta chave que pode servir. Vamos!

Todos saíram da casa as presas e com muita cautela para que ninguém aos seus redores desconfiassem de seus planos. Foram em rumo às ruas laterais para pegar seus automóveis e levaram Fred ao hospital para engessar o pé, em seguida, decidiram voltar para casa.

Ao chegarem, souberam disfarçar bem sua empolgação e ânsia daquela tarde de descobertas. Exceto Fred, que andava mancando devido ao acidente.

- Onde andavam crianças?

Sophia: - Estávamos passeando pela cidade.

- Nesta chuva? Vejam só, estão todos molhados e sujos. Podem resfriar! Vão tomar um banho de água quente, em seguida desçam para conversarmos.

Sem deixar vestígios de nenhuma desconfiança todos subiram e antes do banho Sophia encarregou-se de criar uma desculpa para o machucado de Fred, e para onde foram. Envio mensagem para o celular de todos, a fim de que as conversas batessem na hora da explicação.

Lara: - O que faremos? Ela não percebeu, mas vai perceber.

Severo: - Certo, e temos de ver depois como Fred vai investigar conosco, ele não está em condições.

Suna: - Depois eu falo com Caco e passo para vocês o que faremos com ele. Enquanto isso, vocês já sabem o plano do segundo dia. Vamos tomar banho e depois descer, não devemos falar muito aqui, lembra?

- Acho que apesar de desastrado, devemos agradecer ao Fred, afinal ele achou uma de nossas peças da investigação.

PARTE IV

O diário de Celeste

Algumas verdades sobrevivem escondidas no papel.

CAPÍTULO 6

O interrogatório

Em seguida todos foram aprontar-se para o jantar. Enfim desceram e reuniram-se a mesa onde Leopoldina logo indagou.

Leopoldina: - Fred! Você está machucado, o que foi que aconteceu? Temos de ir ao médico!

Sophia: - Estávamos em um passeio pela cidade, enquanto isso fomos a uma cafeteria e estava chovendo muito. Não queríamos nos molhar, como tínhamos deixado o nosso carro em um estacionamento longe, fomos em direção à cafeteria correndo. Enquanto todos corriam, e como estava chovendo, Fred escorregou devido à calçada que estava molhada, em seguida o ajudamos, e já o levamos ao médico, não foi nada sério.

- Nossa que horror. E Caco, meu filho parece que você também pegou uma boa chuva, chegou aqui todo molhado.

- É inevitável, estava vindo do escritório.

- Mas, de qualquer maneira, sei que está doendo e assim que terminarmos de jantar levarei o Fred para o meu ortopedista.

Roselena: - Senhora acabou meu horário, dentro de duas horas a outra empregada chegará, quer mais alguma coisa?

- Não. Onde está Cristiano?

- Saiu há alguns minutos com a namorada, parece que foram ao cinema.

- Mania de Cristiano sair sem me avisar. Pode ir.

- Até mais.

- Se eu levar Fred para o hospital com vocês, a casa vai ficar só.

- Não tem problema, eu fico aqui o pessoal e Lara os acompanha.

- Ótimo, então vamos?

- Vamos.

Enquanto Leopoldina, Fred e Lara saíam, Sophia, Severo, Caco e Suna se reuniram e constataram que não havia ninguém para escutar o que falavam na sala de reuniões.

Severo: - O que faremos com o Fred? Ele não tem condições para investigar conosco.

Caco: - O que aconteceu com o Fred foi até bom para que possamos investigar melhor.

- Como assim?

- Podemos dar um celular ou um rádio para Fred e abrir conexão com ele, para ele nos informar se tem alguém por perto, enquanto estivermos na casa.

Suna: - Boa ideia.

Sophia: - Mas se alguém ouvi-lo conversando conosco e desconfiar?

- É simples, é só usarmos uma forma diferente de falar, por códigos, ou alguma outra forma em que possamos entender.

Suna: - Alguém tem coragem de aproveitar esse instante para ir lá na casa e quebrar a parede?

Severo: - É muito arriscado, ela pode chegar a qualquer momento.

- Concordo, mas podemos testar essa nova ideia agora.

- Eu vou.

Sophia: - Eu vou com você.

- Acho melhor Severo ir só, duas pessoas vai ser muito arriscado. Se alguém chegar e ainda ele estiver lá ele pode dar um jeito de sair sozinho, pelos fundos, ou de alguma maneira.

- Concordo com você.

- Mesmo assim eu quero ir, posso dar cobertura, de qualquer forma.

Suna: - Pega meu celular.

Caco: - Não dará certo, eu tenho dois. É mais fácil conectá-los. Caso alguém chegue, ligarei para vocês. Leva o martelo, a lanterna e as chaves, toma cuidado com as pessoas na rua e volta logo.

Severo: - Pode deixar. Qualquer coisa avisa.

Severo, acompanhado de Sophia, com um imenso temor de que aquela tentativa desse errado, seguiu em frente sem olhar para trás, com uma atenção imensa a quem passava na rua e às pessoas das outras casas. Abriram o portão às pressas entraram e o trancaram. Subiram as escadas e com muito cuidado foram direto ao quarto de

Celeste. À procura da marca que deixara na parede, não foi difícil. Com muito cuidado Severo começou bater com o martelo na parede ao lugar marcado pedindo para Sophia, que estava do lado de fora, alertar se era possível ouvir o barulho de onde ela estava. Pode ver que ali, como previsto, realmente tinha um fundo falso. Após algumas marteladas encontrou uma caixa do tamanho do seu antebraço. Era uma caixa em madeira velha, mas bem trancada com um cadeado médio.

Enquanto isso na casa de Leopoldina os jovens estavam tensos, ao verem que um carro se aproximava da residência, Caco imediatamente ligou para Severo.

- Oi.

- Severo! Tem um carro se aproximando da casa, não sai daí.

- Achei uma caixa um pouco grande atrás da parede. Como faço para tirá-la daqui?

- Ela está fechada?

- Está com um cadeado.

- Agora não dá, minha mãe está chegando aqui, tenho que desligar. Vou pegar meu carro e retornarei para você para guardarmos a caixa dentro.

- Liga logo que já está muito tarde para um desculpa.

- Certo, fica ai.

Em seguida, Leopoldina entrou em casa.

- Foi só uma torção no pé, nada demais, mas precisa ficar em repouso. Vocês estão com fome?

Caco: - Estamos, e é por isso que estava conversando com ele e vou levá-los a um restaurante que gosto para eles conhecer.

- Cadê Severo e Sophia?

- Foi em um mercado aqui perto.

Suna: - Nós podemos aproveitar e passar lá para pegar para ir conosco.

- Concordo, vamos?

Lara: - Mas, e o Fred?

Suna: - Você está em condições de ir?

Fred: - Claro que sim, só que não posso forçar muito por alguns dias. Vamos?

- Se é assim, também vou com vocês.

Caco: - Não seria muito conveniente.

- Porque se trata de um lugar mais despojado não significa que não posso ir, eu acho que sei qual o restaurante que vai levá-los. Esperem, me arrumo rápido.

- Lembra quando Cristiano a levou lá? No primeiro minuto a senhora já queria ir.

- Até parece que não quer que eu vá. Esperem, eu também vou.

Enquanto isso no casarão...

Sophia, o que está acontecendo? Por que eles não ligam?

Deve estar havendo algum problema. Espera! Meu celular está tocando. Alô?

Sophia, sou eu, Suna. Não estamos conseguindo sair de casa, inventamos uma desculpa de ir a um restaurante mas Leopoldina quer ir conosco, ela está se arrumando. Esperem aí até darmos o sinal de partida. Vou mandar o endereço de onde vamos e assim que sairmos vocês se dirigem ao local. É bom vocês bolarem uma desculpa.

Tudo bem, estamos à espera. Tchau.

O que houve?

Leopoldina vai sair com eles; vamos ter de esperar aqui.

Certo, então só nos resta sentar e passar o tempo.

Já está escurecendo, estou ficando com um pouco de medo.

Vamos conversar, assim matamos o medo e o tempo.

...

Então, como você tem se sentido nos últimos tempos? Eu tenho sentido que nossa amizade está mudando, parece mais enfraquecida.

Severo, são tantos acontecimentos que eu nem sei por onde começar, mas entenda que é só uma fase. Posso deitar no seu colo?

Pode, como nos velhos tempos. Se tivéssemos rosquinhas agora, faríamos a brincadeira de tiro ao alvo, de quando nós éramos crianças.

Os risos das lembranças ecoavam pelos cômodos vazios da casa, as frestas do arrebol entravam pela janela fazendo os olhos de Sophia pestanejar, mostrando a pupila graciosa e dilatada, os olhos marejados das risadas que derramavam lágrimas e fazia a dor da ansiedade percorrer o estômago. Por um breve momento, não era possível mais pensar em nada, nem sentir a vibração do celular a tocar para o sinal de saída. Eles apenas ficaram ali, abraçando as lembranças da infância, da cidade natal, da simplicidade e de tudo o que o tempo arrastara consigo. O silêncio já não era mais constrangedor, era macio, agradável, inocente e confortável. E assim ficaram até a última luz de sol cessar nas feições modestas da moça.

Na casa de Leopoldina, decidiram esperar e levar ela de fato a um restaurante, de lá, seria mais fácil dar o sinal para os aventureiros. Porém, o jantar já estava acabando quando conseguiram estabelecer o contato e mandar o aviso:

"Saiam da casa escondidos com a caixa, dobrem a esquina mais próxima, peguem o carro de vocês e coloquem a caixa dentro do porta malas. Sigam até meu escritório, após terminarmos de comer, deixarei minha mãe em casa e darei a desculpa que vou levar os demais para outro passeio. Encontro vocês dentro de uma hora".

Aquela avalanche de aventuras, por um fio não se tornara catastrófica. Por fim Severo e Sophia conseguiram escapar e em seguida partiram rumo ao local combinado. Em todo aquele trajeto tenso, passaram por uma pizzaria, encomendaram uma comida rápida e chegaram ao escritório. Severo botou a caixa em cima da mesa e começou a discussão.

Severo: - Lembra do fundo falso na parede? Achei lá.

Lara: - Só nos resta tentar todas as chaves que temos nesse cadeado e descobrir o que é.

Sophia: - Espera. Lembra que Delsa disse se encontrássemos uma caixa era para não abri-la?

Fred: - Mas só se encontrássemos a caixa com uns fios de ouro e essa passa é longe, é velha e pesada, e, aliás, ela disse que era pequena, e essa é um pouco grande e pesada também.

Suna: - O Fred tem razão, essa caixa é para ser aberta, ela pode ser uma das peças principais para descobrirmos a chave do compartimento, a caixa dos fios de ouro, além de outras coisas que deve ter por trás disto.

Severo: - Quem está com as chaves?

- Desta vez, as deixei com Sophia.

Sophia: - Certo. Primeiro vou tentar as que estão juntas com a da casa, em seguida tento a do piso.

Caco: - Comece.

- A primeira não deu certo, vamos ver a segunda. Deixa-me tentar... Também não. A terceira é a da casa, vamos ver a quarta... Não também, não.

- Agora tente a última.

- Certo.

E um suspense tomou conta de todos, quando Sophia colocou a chave no cadeado para a sua surpresa, enfim abriu. E todos gritaram de surpresa e emoção, pois enfim a investigação estava começando a fluir.

- Nossa! Nem acredito, abriu. Vamos ver o que tem dentro... Muito pano velho, outra caixa, abra Suna!

- Interessante... Parece um livro de contos, bem mofado, bem velho, chama-se "Senhora", do escritor José de Alencar. Tem um pequeno caderno aqui dentro. Parece um diário, sei lá.

Lara: - Parece não, é um diário.

Severo: - Deixa eu ver. Apesar de um pouco borrado, ainda dá para visualizar. A primeira página diz:

Fragmento encontrado

"A esta primeira parte, és o primeiro universo.

Celeste Lumier Gonzaléz..."

Só isso?

Há outras coisas escritas dentro dele...

Ninguém entendia qual motivo lhe fariam escrever que a vida de Celeste era dividida em duas partes. Aquele era mais um mistério que se colocara diante da investigação. Afinal, se uma parte fora descoberta, qual e onde estava a que faltava?

Comeram a pizza e decidiram então a voltar para casa, pois já estava tarde e Leopoldina poderia desconfiar de suas longas saídas.

Caco: - Vamos embora.

Sophia: - Onde deixamos essa caixa?

- O lugar mais seguro até o momento é aqui no escritório.

- Tem razão, mas temos ainda de tirar um dia para ler em resumo o que contém neste diário.

Severo: - Não acha inconveniente Sophia?

- Por que seria?

- Porque se trata da vida intima de Celeste, quem pode ler é só Delsa e Caco.

- Mas acho que Sophia tem razão, poderemos encontrar algo importante que esteja escrito, e que poderá nos ajudar na investigação. E antes de irmos, temos de combinar que não podemos sair amanhã, se ficarmos saindo direto ela vai desconfiar. A propósito, por que vocês demoraram para atender o telefone? Nós já estávamos desesperados!

- Eu não ouvi tocar. Apenas isso.

Lara: - E a festa que íamos?

- Vamos dizer para ela que será na quinta, daqui a quatro dias.

- Mas não ficará muito tarde para continuarmos com a investigação?

- Não, depois de quinta ainda temos mais três dias da semana e nossa última semana aqui, que será justamente a semana que vai ser Roselena.

Severo: - Só um detalhe, Caco você falou do celular para Fred?

- Já estava esquecendo. Fred, como você está machucado e não tem como nos ajudar no casarão, combinamos um plano para vocês nos darem cobertura.

- Como faço?

- É simples. Você se tranca no quarto, mas antes de falar conosco tem de certificar se não tem alguém por perto.

Vou te dar um celular que faz conexão direta com o meu. Enquanto estivermos lá dentro, você observa o movimento da casa e da rua para avisar se tiver alguém por perto.

- Combinado, e o que Severo e Sophia estavam fazendo dentro da casa naquela hora? Não havíamos combinado.

- Estávamos justamente testando para ver se esse plano daria certo, e apesar do risco que corremos quando vocês chegaram do hospital, tudo deu certo. Então fique com esse celular e vamos embora. Esses dias que não vamos sair, faremos a leitura do diário e na quinta retornaremos.

Após a última investigação, os dias voltaram com sua normalidade. Os jovens apesar de toda aquela diversão, em uma vez ou outra se lembravam da investigação e faziam um breve comentário entre si. Para não causar alguma impressão desfavorável, decidiram por esses quatro dias distanciar-se um pouco de Caco, que lia incessantemente nas idas ao seu escritório o diário de Celeste. Contudo, não descobrira quase nada que pudesse ajudar na investigação. Ele falava mais da vida profissional, dos gostos e das atitudes de Celeste, mas nada relacionado a seus amores, ou relacionamentos e sentimentos e segredos. Ao fim do diário uma parte chamou atenção, quando Celeste dizia:

"Esta parte fragmenta-se em outras, o pluralismo do que sinto é leal e inverso ao que penso, a vida me permite tantos alentos, tantos acasos. Que em vez de uma, sinto que tenho duas, completamente paralelas, em universos completamente diferentes."

Celeste Lumier Gonzaléz

Caco não parava de refletir todos os dias essa frase de Celeste, o que seriam esses fragmentos? Dois universos? Que tinham a ver com essas duas partes?

Os dias passaram-se rápido as semanas tampouco, mas cada vez envolvidos com a história, não viam a hora de chegar a uma reunião para discutir o que Caco havia descoberto no diário e então enfim poder obter novas ideias com os outros membros.

Quinta enfim chegara e um imprevisto aconteceu, enquanto reuniam-se para o almoço.

Leopoldina: - Então, queria lhes dizer que vocês não poderão ir a essa festa hoje.

Caco: - Como assim, já havíamos combinado há quatro dias!

- Principalmente você Caco, você já estava esquecendo que o casamento de Carmen é hoje, há tanto tempo estamos fazendo os preparativos e você está tão aéreo, seu terno já está no seu quarto há dois dias e você nem percebeu.

- Eu não acredito! Não lembrava mesmo. Nossa, acho que devo desculpas a ela. Eu ando tão cheio de trabalhos que realmente não me dei conta.

- O último ensaio para a cerimônia que você foi, faz quase três semanas! O que está acontecendo com você? Depois do almoço, vá à casa de Carmen e dê umà força a ela, afinal você vai levá-la ao altar.

- Tudo bem.

- E queridos, todos vocês estão convidados.

- Meio que não viemos preparados para essa ocasião, sinto muito, acho que não teremos como ir.

- Não tem problema podemos alugar ou comprar uns vestidos e ternos para vocês.

Sem mais demandas, Caco teria que aproveitar uma oportunidade naquele momento de reunir todos para um novo plano, e então proferiu:

- Ótima ideia! Eu posso levá-los em uma loja depois do almoço, assim eles já pegam carona comigo e eu falo um pouco sobre o casamento, o que acham?

Sophia: - Concordamos ótima ideia.

- Afinal Sophia. Tenho que arranjar um par para Caco e para Cristiano os dois são padrinhos e me fizeram o favor de estarem solteiros nessa ocasião, não podem entrar sozinhos na igreja.

Caco: - Suna pode ir comigo, faria um par perfeito!

- Que bom Suna é bonita e boa moça, só tem de arrumar mais esse cabelo, por uma bela roupa e pronto, aprovo!

Suna: - Obrigada. Mas Cristiano já tem uma companhia, uma namorada. Não?!

- Não quero que Cristiano vá com a namoradinha dele, ela é muito vulgar e desprezível. Acho que nunca mencionei a vocês o quanto eu não suporto aquela garota, preferia alguém que fosse como Sophia. Aceitaria ser o par de Cristiano?

Severo tomou um grande susto de repugnância pelo convite de Leopoldina. Sophia engoliu a seco a proposta.

- Não sei, acho que não seria conveniente.

- Também acho, Cristiano é muito sem vergonha, ele pode ser bonito, mas sem caráter, vive fora de casa e já traiu a namorada dele com várias em diferentes festas. Sophia, se você fosse do mesmo caráter dele com certeza seria mais uma.

- Que horror Caco! Não fale assim de Cristiano, ele só está na flor da idade e tem de aproveitar, só isso. A culpa é da namorada que não é compatível com ele.

- Engraçado que quando tinha a idade dele, apesar de não ter o mesmo caráter dele você não perdia a oportunidade de me maltratar verbalmente.

- Deixa de ser exagerado, você sempre foi tão sensitivo, tudo você inventa um caso.

Severo impaciente resolveu intervir:

- Também acho inconveniente Sophia ser o par de Cristiano.

- Por que acha isso? Nem o conhece direito! Caco está inventando, ela seria perfeita e ele está sem par, já que não convidei a namorada dele, que por sorte viajou por uns dias. Vou chamá-lo, para conversamos.

Enquanto Leopoldina foi chamar Cristiano, eles continuaram a conversar em cochicho:

- Se eu fosse você Sophia não aceitava, ele vai dar em cima de você, quer ver? Ele não perde uma oportunidade!

- Quem ele pensa que ele é? Sophia diz a ela que você vai comigo.

- Calma Severo, parece até que ela é propriedade sua.

- Eu vou com você? Isso é um convite?

Fred: - Está com ciúmes é Severo?

Todos riram.

Sophia não havia entendido a cena e também não hesitou em cair na risada.

Leopoldina: - Então como já viram este aqui é Cristiano. Queria que você fizesse um par hoje no casamento com Sophia.

- Com o maior prazer!

- Então Sophia aceita? Peço-te de todo coração. É só para entrar na igreja. Só para cumprir a burocracia e quem sabe durante a festa conversar um pouco.

- Aceito, só por hoje mesmo, tá?

E em direção de Sophia, Cristiano aproximou-se de seu ouvido dizendo:

- Vou adorar sua companhia a noite inteira. Espero-te às oito.

Sophia respondeu só com um gesto de sim e nada mais. Sentindo-se desanimada e constrangida por estar numa situação que não queria estar. Enquanto todos ficaram paralisados com a atitude de Cristiano.

- Já vou, vocês me acompanham?

Severo: - Vamos.

Todos saíram à mesa rapidamente, principalmente Caco frustrado e indignado com a atitude de sua mãe e Severo, infurecido com a situação.

Dentro do carro, Severo estava em plena indignação, se opôs e disse:

- Por que aceitou? Sabe que ele não é uma boa pessoa!

- O que há com você?

- Nada, só tenho cuidado de você, tem algo demais com isso?

- Mas, já passa dos limites ta parecendo ciúmes.

- Não esqueça que já fez isso comigo na festa no Rio, lembra?

- Porque você começou.

Caco: - Vamos parar com a discussão, que eu tenho algo a falar.

Fred: - Esse imprevisto não podia ter acontecido.

- É justamente sobre isso que tenho que falar. Temos de formular um novo plano.

Suna: - E qual seria?

- Hoje está fora de cogitação investigar. Vamos ao casamento e temos de inventar um evento no sábado. A propósito tem uma coisa bem interessante que vocês precisam saber sobre o diário.

Lara: - Tem novas pistas?

Apesar de conter muitas coisas, ele fala mais do profissional dela, e lá contém, juntamente, uma frase na qual me instigou muito. Severo tire-o do porta-luvas e abra na última folha, leia alto para que todos possam ouvir.

- Vou ler, só um momento...

Fragmento encontrado

Esta é uma parte de duas, dedico esta divisão ao meu amor fraterno...

Celeste

- Então, o que vocês acham?

Suna: - Está na cara que esse diário tem continuação.

Severo: - Eu concordo com Suna, a continuação dele, deve ser justamente falando sobre essas suas supostas pessoas e essas suas razões também.

- Temos de andar depressa com esse caso, ainda falta aquele compartimento que não conseguimos abrir.

Suna: - Temos de procurar aquela chave o mais depressa possível.

- Concordo. Não esqueçam, sábado vamos sair a noite.

Essa é a loja que ia deixar vocês, vou na minha irmã, até mais tarde.

A tarde toda fora de compras para o casamento. Estavam entusiasmados com a festa apesar da trama em que viviam.

Caco fora a casa de sua irmã e confidente Carmen, os dois tinham um enorme vínculo de amizade e compartilhavam segredos entre si.

- Carmen minha irmã, desculpas por faltar aos últimos ensaios da cerimônia, e não ter me comunicado frequentemente com você. Você tem estado tão ocupada com o casamento e tão animado, que eu não quis estragar o clima. Estou tão deprimido ultimamente.

- Não tem problema, o importante é que vai hoje. O que aconteceu?

- Então, falei com Delsa e eu realmente vou para Cuba.

- E só eu que sei?

- Sim, somente.

- Então vai ficar guardado. Sei bem os seus motivos, são tão parecidos quanto os meus. Papai se separou da mamãe logo depois que me teve por eu ser filha mulher, ela descontou toda raiva em você, por nunca ter aceitado que ela me doasse para o orfanato.

- Foi por isso que você saiu de casa logo, não é?

- É arranjei com quem ficasse, tenho um ótimo futuro esposo, só lamento por você ter voltado para aquela casa. Ela só gosta do Cristiano porque é um canalha.

- Mas vim aqui te contar que vieram cinco conhecidos da escola de Delsa para cá. Eles estão se hospedando lá em casa, são ótimas pessoas. E a propósito, eles vão para seu casamento.

- Que bom! É com eles que você vai para Cuba?

- Sim.

- E quando você parte?

- Próxima semana.

- Não! Mas já? Vou sentir sua falta!

- Calma, quando puder eu venho aqui visitá-la, e quando você puder, vai lá também.

- E seu coração, como está?

- Justamente o que ia te falar. Ela é o meu par hoje, o nome dela é Suna. Ela veio junto com os amigos de Cuba, você terá a oportunidade de conhecê-la durante a festa.

- Eu espero, foi tão rápido. Está sendo muito intenso?

- Um dia até conto com mais calma, acho que está muito cedo para afirmar qualquer coisa.

- Tudo bem, agora me dê um abraço que preciso ir ver os preparativos. Espero-te no casamento.

- Está certo, até mais tarde. Amo-te irmãzinha!

- Eu também amo você.

De volta para casa, todos estavam se arrumando para o casamento. Como já era de se esperar, as moças surgiram em um visual deslumbrante e os rapazes, em trajes finíssimos, tão elegantes quanto príncipes. Severo ainda estava indignado por ter perdido seu par, Sophia, para Cristiano, que ia aproveitar-se de sua imagem durante a festa.

O casamento começara conforme o estilo tradicional de sempre. Os noivos estavam extremamente lindos e apaixonados diante do altar. Um casamento que se podia ver entre duas pessoas carismáticas e que se mereciam. Severo estava ainda contrariado ao ver Cristiano e Sophia ao lado do altar. Já Suna e Caco, sorriam apaixonadamente um para o outro como se descobrissem aos poucos os sentimentos entre si, sem disfarces ou estranhamento, pareciam um casal veterano.

Ao cair da noite, ao passar as burocracias do matrimônio, a festa adentrou em um ambiente moderno, em torno de 150 pessoas, dançando com a banda, luzes, palcos, fotos, cenário digno de uma festa hollywoodiana. Todos já podiam ver tal afeto entre o casal, que passara a noite toda juntos, assim como Lara e Fred, que ainda machucado, conseguia tirar um bom proveito disso, usando a disposição de Lara para pegar docinhos. Ao ver Severo sozinho durante a festa, Sophia soltou-se do braço de Cristiano que logo a puxou de volta com força.

- Aonde vai?

- Ver Severo.

- Não pode, é meu par na festa.

- Só porque sou eu par, não é o caso de eu passar a festa toda grudada em você.

- Mas é para ficarmos junto, e você não vai sair daqui.

- Deixe de ser louco que só aceitei esse convite foi por causa de Leopoldina que me pressionou.

- Pensei que estivesse aceitado por vontade espontânea.

- Coitado, não gosto do seu jeito. Foi repugnante a maneira como me tratou na casa da sua mãe. Você não tem pudor, não tem discernimento. Eu tentei ser discreta, tranquila, mas essa história já passou dos limites. Vá procurar sua namorada e pare de dar em cima de mim, que suas cantadas são ridículas.

Sophia continuou em direção a Severo em plena indignação e raiva, se tivesse a capacidade de fumaçar pelo cérebro, com certeza tal fato teria acontecido.

- Oi Severo, o que faz sozinho?

- Sem com quem conversar. Os dois casais estão curtindo a festa, não tem porque eu ficar perto deles, só ia atrapalhar. Não tenho vontade de me aproximar de ninguém. E você, por que não está com Cristiano?

- Não aguentava mais. Estava louca para vir para cá. Aquele cara é um bastardo! Dei um fora naquele louco e ele ainda conseguiu marcar o meu braço. Me puxou à força, queria proibir de sair do lado dele. Olha, não quero mais ficar aqui, já chega!

- Nossa, quanta indignação! Pensei que gostasse dele.

- Pensou errado, dei um belo fora nele agora. Não tenho mais coragem nem de olhar para ele.

- E o que disse?

- Ele é metido demais, intransigente além de se achar, estava a toda hora me dando cantadas de péssimo gosto. Eu estou tão enojada!

- Prefere minha companhia?

- Muito mais.

- Apesar de eu pegar algumas vezes no seu pé. É por que gosto muito de você. Eu sou chato, mas acho que não chego a ser insuportável.

Risadas tomaram conta do silêncio.

- Eu também. Já cheguei até sentir ciúmes de você.

- Não posso negar, eu também já senti.

- É estranho, não é?!

- Super, mas acho que faz parte do processo de amizade. Dizem que existe amigos "possessivos".

Enquanto Severo e Sophia conversavam na calmaria do jardim, Suna, Caco, Fred e Lara comentavam sobre tal cena em reunião.

Suna: - Um dia eles confessam esse amor. Todos riram.

Fred: - Concordo com você, Severo é apaixonado por Sophia.

Lara: - Engraçado que Sophia naquela festa no Rio de Janeiro uma vez comentou comigo que não sabia o que havia acontecido com ela quando viu Severo no maior romance com Melanie.

Suna: - É amor, com certeza. Eles não têm é coragem de dizer um para o outro.

- Eu acho que Sophia ainda está confusa.

Caco: - Nunca notei que eles tivessem alguma coisa a mais além da amizade, só na hora em que Severo alterou-se diante daquela situação do convite de Cristiano.

Suna: - Mas vamos parar de espiá-los e vamos voltar à festa.

A festa foi das melhores; todos voltaram para suas casas quase ao amanhecer, quando os noivos partiram para a lua de mel. Na sexta tudo parecia tranquilo, um dia para descanso dos trabalhos incessantes da semana. Até que, no sábado, Caco deparou-se com uma ligação de Delsa e decidiu retorná-la em seu escritório.

Leopoldina: - Aonde vai tão cedo? São 7h00 da manhã! - Vou ao meu escritório, preciso atender um cliente urgente.

- Está bem. Vá e se for para me aborrecer prefira nem aparecer durante o dia para não causar raiva.

- Pode deixar, mas tenho que aparecer mais tarde, pois tenho que levar meus amigos a passeio. Passar bem, Leopoldina.

Então em rumo ao escritório, a raiva tomava conta de si. Não entendia o porquê de sua mãe lhe odiar tanto. Quando chegou, ligou logo para Delsa a contar as novidades sobre a investigação.

- Olá Delsa como vai?

- Vou bem. Liguei-te para saber das novidades e te dizer para fazer-me um favor.

- Pode dizer.

- Você lembra-se do único quadro que mamãe tinha e que ficou na casa? Aquele que ela amava.

- Lembro sim, queria até mandar restaurá-lo.

- Então, peço-lhe para tirar a moldura. Enrolá-lo e trazer ele quando vier para cá.

- Ia ser uma surpresa, já havia pedido a ajuda de Sophia para tirar.

- É que queria uma lembrança dela aqui, já que só me resta essa casa que venderei logo após vocês terminarem as investigações e virem para cá.

- Farei isso hoje mesmo. A propósito, achamos dois fundos falsos no quarto dela, um no piso que continha uma chave e o outro na parede continha uma caixa de madeira com um diário dentro.

- E você leu o diário?

- Sim, não podia deixar de ler, achei que ajudaria na investigação.

- E o que tinha escrito?

- Só sobre a vida profissional, planos. Mas o que despertou meu interesse é que ela escreveu que duas pessoas completam alguma coisa do tipo. Voltarei a investigar, pode ser que eu encontre algo que corresponda a continuação deste diário.

- Concordo, mas não esqueça o quadro. Tchau e boa sorte.

Caco: - Obrigado.

Depois da ligação, Caco ficou um pouco mais em seu escritório. Ao final da tarde ligou para Severo, para obter confirmação da suposta festa. Então decidiu que já era hora de retornar para casa, a arrumar-se e levá-los.

Chegou em casa ao começo da noite, arrumou-se e foi chamá-los para sair.

- E Fred, fica?

Caco: - Você está em condições de ir?

- Ainda não me recuperei do machucado, mas vocês podem ir que eu fico aqui, conforme o combinado.

Lara: - Eu fico aqui com você.

- Não precisa, pode ir.

Sophia: - Vamos? Fred presta atenção e nos avisa qualquer coisa.

- Pode deixar.

Saíram e como de praxe, colocaram o carro na outra rua e discretamente entraram.

- Falei hoje com Delsa, e contei as novidades.

Suna: - E o que ela disse?

- Para continuar investigando, e a propósito queria que tirássemos o quadro logo hoje.

Lara: - Boa ideia. Quer fazer isso agora?

Severo: - Não acha melhor fazer isso depois? Temos muito que investigar ainda, principalmente no quintal e lá em cima.

Suna: - Não podemos investigar o quintal e lá em cima agora, está muito escuro e podemos nos machucar.

Severo: - Tem razão. Vamos logo descer este quadro, para aproveitar que já estamos aqui na sala.

- Vamos lá, Sophia e Lara seguram as lanternas enquanto eu, Suna e Severo descemos o quadro e o colocamos no chão.

- Agora, vou começar a desparafusá-lo, enquanto isso coloque a lanterna para que eu possa enxergar.

Severo: - Quer ajuda?

- Não precisa, já estou quase terminando de soltar a moldura. Acho que tem alguma coisa presa nesta parte aqui. Alguém me ajuda.

Suna: - Espera, vou colocar lanterna para ver melhor... Não acredito, só faltava era essa.

Sophia: - O que foi? fala!

- Outra chave!

Lara: - A casa das chaves, deve ter alguns milhões de chaves aqui.

- Concordo com você, mas essa é uma única esperança para entrarmos naquela sala, Suna tente esta chave na sala, estou terminando com o quadro.

- Vou esperar você, temos de ir todos juntos.

- Pronto, terminei vamos lá.

Todos foram em direção a sala.

- Agora tente Suna!

- Abriu! Não acredito, abriu!

Severo: - Vamos, apontem suas lanternas! Primeiro para o chão, depois andem com cuidado.

Lara: - Nossa! Quantos livros. Mas só livro, nada de móveis. Exceto a estante que contém os livros.

Severo: - Fred está ligando.

- Atende.

- Fala Fred!

- Vocês têm de sair agora daí!

- O que foi que aconteceu?

- Leopoldina pensa que vocês foram a festa de Michel um amigo de Caco que acabou de ligar perguntando por ele. E esse Michel a chamou para ir a festa.

- Espera, não desliga.

- O que aconteceu?

- Um tal de Michel ligou para sua casa perguntando por você e convidou sua mãe para a festa que você disse que ia, quando ela chegar lá e não ver você, ela vai desconfiar.

- Eu sei, Michel é um amigo de trabalho.

- É melhor vocês se apressarem para sair daí e ir até esse Michel antes que Leopoldina chegue lá.

- Concordo, ela ainda está se arrumando?

- Está quase terminando, ela já entrou no quarto há um tempo.

- Obrigado Fred, já vamos sair. Qualquer coisa liga.

- Vamos sair daqui agora e ir à casa de Michel. Feche a sala, próxima semana investigaremos ela, o importante é que já achamos a chave.

A correria começara. Estavam exasperados ao fato de poderem naquele mesmo momento ser descobertos. Pegaram o quadro, fecharam a casa e foram correndo em direção ao carro, entraram e partiram rumo à casa de Michel.

- Michel, tudo bem?

- Pensei que você não viesse, até liguei há alguns minutos para a sua mãe, e a convidei também.

- Um contratempo no transito me atrasou. Estes são meus amigos Suna, Severo, Lara e Sophia.

- Prazer em conhecê-los. Vamos entrar. Olha lá é Leopoldina chegando. Vamos falar com ela!

Por um fio a investigação não fora por água abaixo, mas um grande passo foi dado naquela noite ao descobrir a chave da sala principal e que ali era a sua única esperança de encontrar o segredo de Celeste.

No caminho de volta, Leopoldina voltara em carro separado, enquanto isso no carro de Caco os comentários não eram outros a não ser o acontecido naquela noite.

Severo: - Escapamos por pouco.

Sophia: - Com certeza, mas precisamos voltar amanhã para investigarmos melhor.

Caco: - Discordo!

Suna: - Por quê?

Caco: - Só voltaremos a investigar quando Leopoldina for para São Paulo. Já passamos por muitos perigo. Primeiro foi o acidente com Fred, depois a fuga de Severo, agora quase que fomos pegos, não dá. Vamos deixar as coisas esfriarem.

Suna: - O principal já descobrimos hoje. Concordo com Caco.

Lara: - Só temos dois dias até a viagem de Leopoldina, dá para esperar.

O resto dos dois dias da semana fora de calmaria. Enquanto a situação não era totalmente resolvida, eles articulavam planos e tentavam imaginar o que teria dentro daquela sala, e se indagavam de o porque só restara um grande estante cheia de livros e mais nada além.

Enfim, outra semana começou e Leopoldina, de malas prontas pela manhã, fez um breve anúncio...

Leopoldina: - Meus queridos hóspedes! Não sei se sabem, mas hoje farei uma breve viagem a São Paulo.

Lara: - E quando volta?

- Ficarei por lá até quinta-feira de manhã. Sei que esta semana é a última de vocês aqui. Quando vocês embarcam?

- O voo já está marcado para quinta à noite.

- Só farei esta viagem porque é urgente, senão aproveitaria esta última semana com vocês, talvez quando voltar nem estejam mais aqui, não é? Na verdade, como eu volto pela manhã, acredito que no início da tarde já estarei por aqui, sobra tempo pelo menos para um almoço.

Sophia: - Sim, é que não podemos estender o período, pois na outra semana já retornamos as aulas. Quinta foi o único voo para Cuba que conseguimos, o resto é para próxima semana.

- Então vou logo me despedindo de vocês. Caco, cuida deles e vê se mantém a casa em ordem até eu chegar. Ah, e repara no Cristiano também.

- Como pode ser tão fria? Me trata como se fosse seu empregado!

- Não seja sentimental. Tchau, até mais.

Leopoldina rumo a São Paulo embarcou, e isso se tornara um alívio para os planos de Caco, principalmente de sua fuga para Cuba. Queria esperar até o outro dia para que não houvesse algum acidente, caso Leopoldina voltasse de surpresa. E como tinham pouco tempo, Caco tratou de dar folga de três dias para Roselena. Era só o tempo de tudo se resolver. Na terça pela tarde, com muita cautela, retornaram ao casarão.

Severo: - Vamos logo ao que interessa, não precisamos mais investigar o resto da casa!

- Vamos aos livros, Sophia e Lara como a estante é bem extensa, vocês reviram a parte da esquerda, podem jogar os livros ao chão.

Sophia: - Certo.

- Severo e Fred, vocês olham a parte da direita, que eu e Suna reviramos o meio.

- Tudo bem.

O amontoado de livros era vasto, em meio a tudo eles procuravam pistas de algo sobre Celeste, quando algo aconteceu até Lara e Sophia derrubar a última prateleira de livros...

Lara: - Derrubamos todos os livros, mas este não quer sair.

Severo: - Deve ter algum jeito, a estante está vazia e só este livro não quer sair, não dá nem para derrubar a estante, ela é embutida!

Sophia: - A capa do livro está parafusada no móvel, traz a chave de fendas...

Foi preciso muita paciência para tirar os parafusos que estavam enferrujados. Ao soltar, ali, embaixo do livro, encontraram um fundo falso.

Caco: - Sophia, não solta o livro.

Suna: - Mas o que há essa porta é pequena, não dá para guardar nada demais aí!

Caco: - Deixa-me olhar! Não dá para guardar nada grande demais aí, mas dá para guardar a caixa vermelha que Delsa disse, olhem só!

Sophia: - Não acredito, mas a caixa é pequena assim?

Em um gesto de empolgação, Sophia conseguiu sem querer remover o livro da estante.

Caco: - A caixa está trancada, como já era de se esperar. Vamos ligar para Delsa.

- Alô!

- Achamos a caixa que procurava, mas está trancada. Não é muito diferente de tudo o que temos achado. Acho que a Celeste tinha medo de ser roubada. (risos)

- Eu tenho a chave.

- Que bom, pensávamos que teria que procurar outra chave. Ufa!

- Quando vocês embarcam?

- Na quinta à noite.

- Descobriram algo mais? E o quadro?

- Ainda não descobrimos mais nada, e o quadro já está no carro.

- Mas a caixa era a única coisa que precisávamos. Venham logo, aguardo vocês. Até mais.

- Até.

- E aí?

Caco: - Ela tem a chave, parece que nossa missão terminou.

Sophia, em um momento de entusiasmo e sem se dar conta, arrancou o livro emperrado da estante.

Severo: - Que livro é esse na sua mão Sophia?

- É o que estava emperrado na estante, e parece ter uma capa falsa, sem falar que é um pouco grosso e pesado.

- Abra-o.

- Espera.

- O que diz?

- Aqui diz:

Fragmento encontrado

Aqui jaz a segunda parte de um todo.

Celeste.

- Mas é claro, esse livro é o segundo diário de Celeste, o que ela se referia no primeiro. Como segunda parte dela.

Severo: - Contudo, acho que só nos resta fechar a casa e irmos, antes que Leopoldina volte.

Fred: - Vamos, fechem tudo, não há mais nada que podemos encontrar aqui, estou com pavor desta casa!

Trancaram a casa e, ao sair, tiveram uma surpresa. Na rua, eles depararam-se com Cristiano.

- O que fazem em frente à casa de minha tia?

Caco: - E o que te interessa?

- Não sei, mas estão bisbilhotando propriedade alheia.

- Eles estavam curiosos a respeito da história da casa e como eu sabia, não custou nada mostrar a frente a eles, não pode mais olhar?

- Já que é assim, você tem a chave? Quero olhar dentro. Mas olhe bem, não é só porque mamãe foi embora que você tem de se achar no direito de mandar em mim não!

- Faça o que você quiser, estou pouco me importando. Vamos para casa.

Ao chegarem em casa, todos entraram rumo à sala de reuniões.

- Tudo resolvido façam suas malas hoje mesmo.

Lara: - Mas hoje é terça e só vamos quinta.

Caco: - É melhor deixar tudo pronto, em caso emergencial.

Eu vou fazer as minhas e o plano será o seguinte: vou escrever uma carta de despedida para Leopoldina, mas não direi que vou para Cuba. Na quinta, vocês saem no carro de vocês e eu saio de táxi, dizendo para Cristiano que vou para o aeroporto. Pronto: já comprei minha passagem e estou no mesmo voo que vocês.

- Perfeito. Vamos fazer as malas. Caco, não deixe que Cristiano veja sua mala.

A quarta-feira chegara com ânsia e cansaço, Sophia se perguntava se ainda existia algo dentro da casa que pudesse ser descoberto. Em meio ao caos, lembrou dos bons momentos que teve durante todo esse processo e de como tinha convicção do seu sentimento por Severo, ao passo que não tinha dúvidas do mesmo sentimento que ele tinha por ela.

PARTE V

O lugar de ninguém

Nem todo destino é um ponto no mapa.

CAPÍTULO 7

Hora de partir

Na quinta-feira a tensão era das melhores, voltar a seu país nunca fora tão instigante, mas para Caco aquilo seria um alívio e ao mesmo tempo uma dor, em deixar o lugar onde vivera quase toda sua vida, assim tão de repente. Caco deixou a carta na sala de reuniões, não se despediu de Cristiano, ainda tinha mágoas, apesar de tudo. Foi sem olhar para trás. Partiu rumo ao aeroporto.

Todos se encontraram, porém o voo atrasou cinco horas.

No final da tarde, Leopoldina voltou exausta de sua viagem e deparou-se com Cristiano muito nervoso.

- Mãe, Caco saiu desde ontem pela manhã e ainda não voltou para casa.

- Vá olhar na sala de reuniões, ele é tão deprimente que deve ter se trancado lá e não quer sair.

- Vou olhar. Ele havia dispensado Roselena por alguns dias e nem me comunicou. Vi que deixou uma carta aqui em cima para a senhora.

- Onde estava?

- Em cima da mesa de reuniões.

- Aqui diz:

Não sei se te chamo de mãe, ou até mesmo de Leopoldina... Cuidaste de mim até agora, em algum dia pude sentir o carinho que me dava, até papai separar-se de você. Depois disso, o que só me deste foi escárnio. Como tudo na vida não é para sempre, a minha permanência ao seu lado também funciona do mesmo jeito, meu cansaço foi até o limite e não podia continuar debaixo do mesmo teto tão hostil, assim também como no mesmo país. Estou bem distante agora, e não sei se irá preocupar-se, mas enfim, estou bem melhor do que antes, ou talvez até do que nunca estive. Viajarei mundo afora a fim de que minha profissão ser meu legado. Não quero suas lágrimas, porque sei que nunca as terei, mas te confesso que eu parecia um peso que você não queria mais carregar. Um abraço e adeus.

Caco

- Caco e seus dramas, como ele já sabia. Não me importarei, quando ele casou foi do mesmo jeito, acabou voltando para cá depois que a mulher o deixou, qualquer dia vai estar por aqui novamente.

Enquanto que no avião, Caco lia todo o segundo diário de Celeste, que por sinal falava muito de sua vida afetiva, sempre de uma mesma pessoa, um mesmo amor, mas com o nome nunca revelado. Desembarcaram em São Paulo para pegar outro avião rumo a Cuba. Enquanto esperava o avião, o sobrinho de Celeste contava as novidades que tinha visto no diário e em risos, eles compartilhavam suas opiniões sobre toda essa aventura.

CAPÍTULO 8

Hogar dulce hogar

Desembarcaram em Cuba após mais de sete horas de viagem desde São Paulo. Os jovens felizes por estarem em sua terra novamente, conduziram Caco diretamente à casa de Delsa.

- Não acredito! Que saudade de vocês!

- Nossa Delsa, você está linda e grande, só há uma coisa em comum, temos a mesma idade.

Sophia: - Nossa, eu não sabia.

Suna: - Também não, interessante.

- Somos quase que gêmeos, só que de mães diferentes.

- Eu nasci na mesma maternidade que ela, mas três horas depois.

- E vocês já avisaram para os pais de vocês que já chegaram aqui?

Sophia: - Ainda não, é que primeiro queríamos ambientar Caco no país, e resolver o mais importante, que é o caso.

- Vamos ao mistério, mas primeiro... Caco trouxe a pintura?

- Claro que sim, está na mala.

- A propósito seu quarto já está pronto, se quiscr ir se acomodando...

- Obrigado Delsa, mas preciso falar uma coisa para vocês.

Um silêncio atento tomou todo o ambiente.

- Suna e eu vamos morar juntos.

Sophia: - Nossa que surpresa!

Severo: - Parabéns! Todo mundo se acertando por aqui, o amor está no ar!

Todos riram.

Sim, decidimos isso há alguns dias. Até por que a nossa rotina vai ser bem fora dos padrões daqui para frente. Planejamos juntar dinheiro para viajar para vários países, ou quem sabe até morar.

Enfim eu encontrei quem vivesse essa loucura comigo.

Vamos nos planejar para tudo isso dentro de um ano. Já temos alguns contatos, inclusive de clientes meus que moram e tem casa em outros países, eles irão nos ajudar.

Enfim, temos que combinar um novo encontro para falar só disso com vocês. Severo, vamos falar da investigação!

- Voltando à investigação, eu durante li o diário de Celeste, mas em todo o diário ela fala sobre um sentimento por uma pessoa que ela não menciona o nome, em um fragmento que eu não entendi, ou seja, embora a história que tem no diário seja importante, eu não vi nada que pudesse nos ajudar.

Delsa: - Mas quem sabe, o que está dentro desta caixa pode ajudar?

Aqui está a chave.

Caco: - Abra!

O suspense tomara conta do ar de todos, queriam saber o que realmente continha dentro daquela caixa, e qual o segredo maior que Celeste escondia. Delsa, enfim, conseguiu abrir a caixa.

- Meu Deus, quantas jóias!

- São lindas, mas você esperava isto?

- Sempre deve haver algo a mais.

- O que há?

- Um envelope dobrado.

- Abra!

- Há cinco páginas escritas por Celeste em preto e branco de um rapaz.

- Olha se tem escrito algo atrás da foto.

- Aqui diz: O amor que esteve sempre presente em minha vida.

- Estranho, nunca o vi. Agora leia as páginas.

- Certo.

...

Estávamos grávidas simultaneamente, sempre perguntava qual o sexo do bebê, ela sabia que estava gerando uma menina e mesmo assim mentia, dizia que era um menino.

Quando fomos à maternidade, Leopoldina sabia que eu gerava um menino e que ali seria a continuação de meu amor com Hernando, mas pelas mentiras que minha irmã vinha desferindo para o seu marido, ela me veio com uma proposta.

Estávamos longe das visitas na maternidade, quando fomos para o berçario olhar nossos pupilos, o desespero bateu a porta de

Leopoldina, ela me implorou para que trocássemos de criança, ao fato que fez uma promessa ao seu esposo de que teria um menino, a família do esposo dela, acreditava que se o primeiro filho fosse uma mulher, ocorreria uma maldição na família, manipulada por esse absurdo, fiquei sem saber o que fazer, porém a compaixão pela minha irmã foi mais forte a ponto de trocarmos os nossos filhos. Sendo assim, fiquei com Delsa e minha irmã com meu amado Caco. Todos erramos na vida, e por amor à minha irmã eu fui capaz de fazer isso. Eu não tenho com quem desabafar, senão você, pequeno pedaço de papel. Espero que um dia me perdoem quando eu não mais estiver aqui, e possam ser meus eternos e amados filhos. Se encontrarem este escrito em algum dia, compartilhem entre si os atos de irmandade, tudo o que me foi pertencido, inclusive amor, carinho e afeto.

Celeste.

- Meu Deus, então todo o segredo que ela guardara durante a minha vida toda está aqui!

- Isso explica o motivo de ela ser tão apegada a mim, e por Leopoldina me odiar. Como ela pode ter feito isso? Por que ela pressionou Celeste? Isso é desprezível! Nunca soube dessa história de maldição, tudo isso foi inventado!

Todos estavam assustados com a revelação, o que levou a fortalecer os laços familiares entre Delsa e Caco, que não procuraram explicações e não mantiveram mais contato com Leopoldina. Entretanto havia outra revelação de Caco.

Durante a nossa busca, eu achei em uma das paredes que estavam rachadas uma tesoura grande com uma etiqueta antiga, estranhei e decidi enrolar e trazer na mala e aqui está. Delsa, você sabe se era de nossa mãe?

Não! Nunca vi essa tesoura na minha vida, será que esteve alguém lá durante o período que esteve trancada?

Sophia pronunciou-se:

Tem algo estranho enrolado no parafuso dela, alguém tem uma lupa?

Delsa intrigadaa, insiste em investigar.

É um cabelo escuro, bem grande até, podemos mandar fazer um teste de DNA. Aqui tem uma referência da marca, podíamos pesquisar na internet a época dela também.

Será que ela é de antes de entrarmos na casa?, Se bem que Celeste nunca contou como conseguiu aquela casa.

Sabe que eu nunca havia percebido isso? Só penso em vendê-la desde que minha mãe faleceu, não me traz boas lembranças continuar com ela. Caco, você pode ficar com essa lembrança. Faça o que quiser, mas aconselho que seria bom investigar de quem possa ter pertencido.

O farei, mas tenho planos mais urgentes na frente.

CAPÍTULO 9

Uma nova vida.

Caco que dois anos depois se casou com Suna e foram morar na Nova Zelândia, não tinha pretensão de ter filhos, apenas viviam um dia após o outro, vivendo o que realmente precisavam viver.

Delsa sempre mantinha contato com o "irmão", decidiu contratar uma pessoa para reformar e vender a casa de Celeste, porém não obteve muito sucesso, sempre alguém desistia de comprá-la.

Neste mesmo período Lara e Fred tiveram que se separar, ambos passaram em faculdades diferentes e não puderam mais ficar juntos, algumas vezes trocavam mensagens relembrando os momentos bons que passaram juntos.

Diário de bordo

De tempos em tempos, venho a te escrever novamente. Com toda a nossa aventura, pude aprender, crescer e imaginar tanta coisa envolvida na história de Delsa, que sequer olhei para o que sentia naquele momento, ou até mesmo como eu era vista.

Reconheço que a experiência com Severo naquelas duas festas, foram bem promiscuas. Tenho de confessar, foi ciúmes. Mas depois de tudo, pude perceber então, que estava inteiramente confusa, e por mais raro que seja, o meu sentimento não é de ficar com ele, mas sim de tê-lo de qualquer forma na minha vida.

Conversamos e botamos tudo em jogo, falamos o que tinha de falar e chegamos a um consenso. Há algo que é inexplicável, e para que mexer nisso? A vida continua e um romance não caberia na nossa amizade, ou até pior, poderia estragar tudo. Registro aqui a minha última revelação do meu íntimo, já que voltarei a novas aventuras, não importa qual for, o importante é viver.

Sophia

Sophia descobrira assim como Severo que o que tinham um pelo outro era algo que nunca saberiam explicar, nem como expressar. Eles foram os únicos a voltar para o Brasil para uma vida acadêmica, onde logo após, Sophia formou-se juntamente com Severo. A vida tinha mais a mostrar para eles. E a tesoura? Bom, precisava ser investigada, afinal ainda não acabou por aqui...

RODRIX 13

Fim